Gisela Weiß

Aufbruch

Gisela Weiß

Aufbruch

Gedichte und Kurzgeschichten

Autor: Weiß, Gisela

Verlag: tradition GmbH, Hamburg

Zweite, verbesserte Ausgabe
978-3-7345-5828-3 (Paperback)
978-3-7345-5829-0 (Hardcover)
978-3-7345-5830-6 (e-Book)

Printed in Germany

Bibliografische Information der Deutschen Nationalbibliothek:
Die Deutsche Nationalbibliothek verzeichnet diese Publikation in der Deutschen Nationalbibliografie; detaillierte bibliografische Daten sind im Internet über http://dnb.d-nb.de abrufbar.

Inhalt

Ich möchte Sie, so gut ich es kann, bitten, Geduld zu haben gegen alles Ungelöste in Ihrem Herzen und zu versuchen, die Fragen selbst liebzuhaben wie verschlossene Stuben und wie Bücher, die in einer sehr fremden Sprache geschrieben sind. Forschen Sie jetzt nicht nach den Antworten, die Ihnen nicht gegeben werden können, weil Sie sie nicht leben könnten. Und es handelt sich darum alles zu leben. Leben Sie jetzt die Fragen. Vielleicht leben Sie dann allmählich, ohne es zu merken, eines fernen Tages in die Antwort hinein.

Rainer Maria Rilke, Briefe 1903

Sterbende Bäume

Ein junger Wind zieht durch den Wald
und sieht Gewächs aus morschem Holz.
Verlassen, hässlich, stumm und kalt
stehen ihre alten Körper da
und die morschen Greisenhände
lassen sie gen Himmel streben,
so als suchten sie in diesem Schwarz
noch nach Licht und Leben.

Doch gnadenlos erstickt der Himmel sie
mit seinem dunklen Tuch.
Und andächtig verstummt der Wind,
er lauscht dem unsichtbaren Fluch,
der flüstert, dass Leben Leben weichen muss.
Und alleingelassen bleiben sie,
bleiben still und unbewegt
und ertragen ihre Leiden.

Mathilde

Vor nicht allzu langer Zeit lebte eine Spinne namens Mathilde. Mathilde hatte einen schönen schwarzen Körper mit herrlich behaarten Beinen, sechs an der Zahl. Sie war eine geübte Jägerin, wusste sich in ihrem Spinnennetz ruhig auf die Lauer zu legen und wenn ein Insekt sich in ihrem Netz verfing, so sprang sie blitzschnell hervor, spann ihr Opfer in Windeseile ein und stach dann zu. Als ihr Revier zu klein wurde, ging Mathilde auf Reisen. Sie kam in eine große Stadt und richtete sich in einem Keller eines großen Hauses wohnlich ein.

Das erste Mal in ihrem Leben traf sie auf Artgenossen: alle mit schönen dicken glänzenden Körpern und wunderschönen langen Beinen mit kräftigen tiefschwarzen Borsten. Aber ihre Artgenossen wirkten irgendwie bedrückt und niedergeschlagen. Zuerst traute Mathilde sich nicht, schließlich war sie ja neu in der Kolonie, aber dann fasste sie sich doch ein Herz:

»Warum seid ihr so traurig?«, fragte sie eine alte Spinne, die behäbig neben ihr in ihrem Netz hing.

»Ja, weißt du denn nicht, was die Menschen von uns denken?«, fragte die alte Spinne zurück.

»Nein«, antwortete Mathilde, »bitte, erzähle es mir.«

Die alte Spinne seufzte und erzählte Mathilde dann die Geschichte, die sie von ihrer Mutter und diese wiederum von deren Mutter usw. erzählt bekommen hatte:

»Als die Spinnen auf die Menschen trafen, da erschraken die Spinnen, weil die Menschen so ekelig und abstoßend aussahen. Nur zwei Beine hatten diese und die waren auch noch unbehaart. Der Körper war viel zu lang und es hingen da auch noch zwei unförmige Teile daran. Diese nannten die Menschen 'Arme'. Es war wie ein Schock für die Spinnen und sie fielen in eine tiefe Starre. Ob die Menschen das auch fühlten, das konnte niemand beantworten. Tatsache war, dass eine Mauer zwischen beiden entstand und dass die Spinnen diese Trennung als sehr schmerzhaft empfanden. Es trat eine große Leere im Spinnenvolk ein, sie fühlten sich trotz der Artgenossen einsam und alleine und die Trennung von den Menschen führte auch zur Trennung unter den Spinnen selbst. Jede beäugte misstrauisch die andere, ob sie nicht schuld daran sei, dass die Spinnen von den Menschen getrennt sind und so kam es zum Stillstand im Spinnenvolk selbst. Es fand kein Austausch mehr statt, man sprach nur das

Nötigste miteinander, niemand lachte und scherzte. Es war eine traurige Welt«, sagte die alte Spinne.

»War?«, fragte Mathilde.

»Ja«, sagte die alte Spinne, »wir reden jetzt wieder miteinander, wir lachen und tanzen zusammen, wir helfen einander und sind füreinander da.«

»Aber warum seid ihr denn dann noch so traurig?«, fragte Mathilde erstaunt.

»Weißt du«, antwortete die alte Spinne, »wir sind so traurig, weil wir bis heute die Herzen der Menschen nicht gewinnen konnten. Das bereitet uns diesen Schmerz. Weil wir einmal so töricht waren, die Menschen hässlich zu finden, nur weil sie anders aussehen als wir und«, fügte sie langsam hinzu, »weil uns die Menschen dies bis zum heutigen Tage nicht verziehen haben.«

Sag's mir

Sag mir, wohin die Vögel zieh'n,
im Herbst, wenn die Winde weh'n.
Sag's mir.
Nach Süden?
Dort, wo ewig Blumen blüh'n?
Wo Schönheit niemals stirbt?
Wo Sterne niemals untergeh'n?
Und Wahrheit ewig wirkt?

Sag mir, wohin die Vögel zieh'n,
im Herbst, wenn die Blätter flieh'n.
Sag's mir.
Nach Süden?
Dort, wo wundervolle Bäume steh'n?
Wo Liebe ewig wirbt?
Wo Freundschaft niemals kann vergeh'n?
Und niemand jemals stirbt?

Sag mir, wohin die Vögel zieh'n,
im Herbst, wenn die Wolken geh'n.
Sag's mir.
Nach Süden?
Dort, wo bunte Wiesen blüh'n?
Wo Hoffnung ewig quillt?

Wo Freiheit, Gunst und Glaube blüh'n?
Und jeder Durst gestillt?

Wie gerne würd' ich mit euch zieh'n.
Und kann doch, ach, nicht mit euch flieh'n.
Bin leider nur als Mensch gebaut.
Mein Körper ziert kein Federkleid
und keine Flügel weit und breit.

Gefangen in des Menschen Haut,
voll Fülle schwer, verirrt im Schein,
kann ich nur staunend lauschend schau'n,
wie ihre Kraft erblüht im Sein
und sie sich selbst und Gott vertrau'n.

Voll Sehnsucht schau ich ihnen nach,
mir wird's ganz finster drinnen.
Zu meinem großen Ungemach
begrenzen mich die eignen Zinnen.

Der Himmel trägt sie hell und klar
ins ferne Paradies.
Ich hör noch weit die Flügelschar.
Mir bleibt nur mein Verlies.

Sag mir, wohin die Vögel zieh'n,
im Herbst, wenn Blumen all verblüh'n.
Sag's mir, damit die Ängste flieh'n.

An den Mond

Du Mond, du wunderbarer,
wie tröstlich spendest du mir Licht.
Wie gütig und wie mild und leise
zeigst du mir heut dein Angesicht.

So rund, so voll, so klar und rein,
mein Herz, es will mir springen.
Wie schön am Firmament dein Sein,
die Nacht, sie muss gelingen!

Wie herrlich und wie leuchtend leicht
blickst gütig du hernieder.
Erhellst mir hier auf deine Weis'
ganz still die Menschenglieder.

Erhellst den Weg mir, lässt nicht zu,
dass ich mich fürcht' auf Erden.
Bist Licht mir hier, schaust sanft mir zu,
ich mag ganz stille werden.

So herrlich klar und weit und leise
stehst du am Himmel schlicht ganz da.
Ganz still und ruhig ich dich preise
und schau auf dich, wie wunderbar.

Manch einer sagt, genau genommen,
hast du dein Licht doch nur bekommen,
sei deine eigne Gabe nicht,
sei Abglanz nur, geborgen schlicht

vom größ'rem hell'rem leuchtend Licht,
das gleißend glühend brennt am Tage,
so grell, so stark, so hell und dicht,
dass ich mein Aug' nicht richten wage

zu schauen in ihr Antlitz heiß,
zu stark ist sie, zu hoch der Preis.
Wie wunderlich ist diese Sonne,
ihr Licht, obgleich die größte Wonne,

der Lebensquell für alle Wesen,
der Born, an dem wir stets genesen,
doch Licht, das uns den Blick versperrt,
ihr Licht sie nie direkt gewährt.

Niemand ihr je ins Aug' geschaut,
verbirgt sie sich wie eine Braut.
Obgleich im Raum ist sie nicht da,
so tödlich schön, wie sonderbar.

Nur du, du lieber guter Mond,
schenkst gütig lächelnd mir dein Licht,
erlaubst mir sanft und mild und leise
zu schauen in dein Angesicht.

Dein Antlitz ist mir nie versperrt,
was mir die Sonne stets verwehrt,
ihr Licht mir indirekt nur leuchtet.
So huld'ge ich dein goldnes Schwert,

das du mir freundlich lächelnd schenkst
und mich mit Güte nur bedenkst.
In Dankbarkeit schau ich dir zu,
in dir ich finde meine Ruh.

Die Sonne hell am Tage scheint,
ihr Feuerrund mich aber blendet.
Dein Nachtlicht mich mit mir vereint
und Klarheit es mir gütig spendet.

Verstrickt in Eitelkeit und Dummheit,
umgarnt von Hass und Neid und Gier,
lässt du nicht zu, dass meine Torheit
vergessen lässt die Schönheit hier.

Kein Richterspruch, kein Spott, kein Hohn,
schaust nicht herab vom hohen Thron,
erhebst mich hoch, ohne Belehrung,
bist sanft und leis' und voll Verehrung

verbeug ich mich vor deiner Güte
und bitte dich, so Gott behüte,
gewähr mir stets dein glänzend Licht,
dass mir auf Erden nichts gebricht.

Doch nun ganz still und voller Demut
gedenk ich deiner sanften Großmut.
Ganz still wird's mir im Herzen mein,
möcht' einfach nur ganz bei dir sein.

Mein Bruder mein

Ich hatte einen Bruder,
er war mein Bruder mein.
Er ist schon früh gestorben,
er konnt' hier nicht mehr sein.

Er schritt ins neue Leben,
die Not hier war zu groß.
Brach ab das irdisch Streben,
ging heim in Gottes Schoß.

Er war ein schöner Jüngling,
gewachsen wohl und stark,
und doch litt er am Leben
so unsagbar, so arg.

Mit allem war er reich gesegnet,
das Herz war weich, der Geist war klar.
Er hatte Arme, Hände, Beine
und Kopf und Fuß und Haut und Haar.

An nichts hat's ihm gefehlet
zum Leben hier und jetzt,
und hat sich doch so unendlich gequälet,
am End' sich fürchterlich verletzt.

Er glaubte, er hätte einen Makel,
der sei so riesengroß,
dass er beenden müsse das Debakel,
die Welt befrei'n von seinem Los.

Zu Anfang er noch gar nichts merkte,
die Welt in Ordnung für ihn war.
Wie schlimm als er entdeckte,
dass er anders als die andern war.

Nun hört, ihr lieben Leute,
was nun sein Makel war,
was ihn so arg gereute:
Es wuchs ihm grünes Haar.

Als er geboren wurde,
da wuchs es ihm noch blond.
Doch als er älter wurde,
da hat es sich besonnt.

Im zarten Jünglingsalter,
da färbte es sich grün.
Es war, als wollt' der Spalter
mit Schande ihn besprüh'n.

In ihm war eine Ahnung,
dass dies nichts Gutes sei.
Er reimte sich's zusammen
aus all dem Allerlei,

das er zu Hause hörte,
was gut sei und was schlecht.
Er liebt doch seine Eltern,
will's machen ihnen recht.

Viel wurd' zu Haus erzählet
vom Leben und vom Tod,
dass der Mensch auf Erden sich nur quälet,
wenn er lebt ohne Gottes Gnad' und Brot.

Viel wurd' von der Liebe Gottes,
dem lieben Gott erzählt.
Doch war der ein schrecklich Richter,
der für sich nur die Seinigen wählt.

Gott habe den Menschen aus Liebe
mit freiem Willen bedacht,
doch wird die Gnadentüre
nach des Menschen Tode zugemacht.

Wenn der Mensch sich nicht Gott erwählet,
solange er wandelt im irdischen Kleid,
ist das ew'ge Leben auf immer verfehlet,
ist vorbei die gnadenreiche Zeit.

Der Mensch kann zwar leben nach eigenen Sin-
nen,
doch muss er die Folgen tragen,
er kann dem Teufel nicht entrinnen,
wenn er lebt nach eigenem Wagen.

Es wurd' nicht ausgesprochen,
doch eines war ihm klar:
Nur der, der was verbrochen,
der hatte grünes Haar.

Wie schlimm als er bemerkte,
was da mit ihm geschah.
Und niemand, der ihn stärkte,
der seine Sorgen sah.

Bang stellt' sich ihm die Frage,
was Gott denn von ihm hält.
Doch niemand, der ihm sagte,
was für Gott nun wirklich zählt.

Wie drängt es das Kind zu fragen,
zu verstehen das Gottes Wort.
Doch bekommt es nur zu sagen:
Der Verstand sei nicht der richt'ge Ort.

So bleibt's mit den Fragen alleine,
die quälend im Kopfe ihm schwirr'n.
Es bleibt viel Ungereimtes,
es sollt' ihn am Ende verwirr'n.

Der Jüngling noch mehr sich quälte,
was der Gott denn von ihm hält.
Die Angst ihn fürchterlich beseelte,
dass er Gottes Gesetze verfehlt.

Er wollte es nicht haben,
er schnitt sich's einfach ab.
Und brach auf diese Weise
nur selbst den ersten Stab.

Doch die Natur war stärker,
es wuchs ihm einfach nach.
Er wusste nicht mehr weiter,
was da in ihm aufbrach.

Er versteckt' es unter Mützen,
es sollte niemand seh'n.
Er dachte, er könnte sich so schützen,
könnt's machen ungescheh'n.

Doch wurd' es immer kühner,
je älter er wurde, Jahr für Jahr,
das Haar, es wuchs ihm immer grüner,
am End' wusst' er nicht mehr, wie's zu verstecken
war.

Und dann geschah das Schlimmste,
er fand Gefallen dran,
allein für sich im Stillen,
sah er's im Spiegel an.

Es war so schön geformet,
so dicht, so weich, so grün.
Dann plagt ihn das Gewissen,
sein Begehren ihm doch zu kühn.

In ihm war eine Stimme,
die flüsterte ihm ein,
dass er's nicht lieben dürfe,
sonst lässt ihn Gott allein.

Doch was, wenn der eigne Körper
eine eigne Sprache spricht?
Und die Angst im Leib so groß wird,
dass ein Gott da sitzt zu Gericht?

Wie groß ist da die innere Not,
wenn die eigne Natur nicht nach Gottes Gebot.
Und im Dunst der eignen Gedanken,
wie mag die Welt da schwanken.

Das Gift seine Seele tränkte,
kein Entrinnen aus dieser Not.
Es brachte ihn um den Verstande,
es führte ihn in den Tod.

Für den Bruder gab's kein Entrinnen,
hatt' sein Gott doch kein Gefallen dran.
Wie einsam sein verzweifelt Ringen,
bis er endlich sich das Leben nahm.

Mein Bruder hat's geglaubet,
so wie er's verstanden hat.
Er ist dabei gestrauchelt,
konnt' nicht schütteln den Wahnsinn ab.

Er hat es nicht gesehen,
er war noch nicht so weit.
Den Gott, den er verstanden,
den gibt's nicht, hier nicht und weit und breit.

Ihr Menschen, ihr werdet es ahnen,
es war nicht das grüne Haar,
das den Bruder trieb in solch schrecklichen Bah-
nen,
sein Brandmal ein anderes war.

Mein Bruder liebte Männer
mit lockig blondem Haar.
Er reiste bis zum Brenner,
wo's freier zu atmen war.

So glaubte er's zumindest,
ein Trugschluss, den er bald schon sah.
Die Ketten, in die er geschlagen,
die waren auch dort noch da.

Wenn Männer zu Männer sich legen,
so ward's in der Kindheit erzählt,
ist die Menschheit auf ganz schlimmen Wegen.
So hat er sich elendig gequält.

Die Enge hat ihn umgeben,
die Enge war auch in ihm.
So nahm es sich das Leben,
hat sich selbst und Gott nicht verzieh'n.

Es blieben nur zornige Worte,
voller Hass und voll Wut auf die Welt.
Und vor sein liebendes Herze
hat sich Angst und Zorn nur gestellt.

Doch sein Gott, der war der falsche,
ein Trugbild, das er sich erfand.
Aus all den ungefragten Fragen
war Gott zur Schimäre verkannt.

Geblendet vom eigenen Denken,
sein Gott ein Hingespinst nur.
Die Frucht der eigenen Täuschung,
das warf ihn aus der Spur.

Die Seel' hat's ihm zerrissen,
er starb vor seinem Tod.
Er rang mit seinem Gotte,
niemand von uns sah seine Not.

Wir sahen unsren Bruder ertrinken,
wir sahen's und sahen's doch nicht.
Er wusst' nicht um Hilfe zu winken,
es hätt' nichts genutzt, in uns war kein Licht.

Denn auch für uns der Gott nur ein Richter,
der viel Arbeit und Müh' mit uns hat,
der nur gnädig, solang wir atmen,
danach senkt sich kalt sein Henkersblatt.

Doch göttlich Kraft nur Liebe,
geduldig, gütig, klar,
umfasst die ganze Menschheit,
alles was ist, was wird, je war.

Sie umströmt den ganzen Kosmos,
nimmt keinen, niemand aus.
Alles ist ihr willkommen,
die Liebe weist niemand hinaus.

Der Gott, der ist nur Liebe,
der kennt die Liebe nur.
Niemals verteilt er Hiebe,
er ist ja Liebe pur.

Die Liebe kann nur lieben,
die Liebe richtet nicht.
Die Liebe tut nicht sieben,
nicht jetzt und nicht beim Jüngsten Gericht.

Die Hölle ist hier auf Erden,
wenn Menschen verblendet sind.
Wir können ruhig sterben,
wir sind doch der Liebe Kind.

Wir werden nicht eingeteilet,
ew'ge Verdammnis niemandem droht.
Die Liebe nur allen entgegeneilet,
sie verschenkt sich schon hier als unser tägliches
Brot.

Befreit vom irdischen Kleide
schreiten wir ein in den kosmischen Schoß,
sind befreit vom menschlichem Leide,
sind angenommen und schauen die Liebe bloß.

Doch höret, das Leben auf Erden
ist kostbar, ist wichtig und gut.
Es braucht nicht aufs Jenseits verschoben zu werden,
der Liebe ist's egal, wo sie die Liebe tut.

Ob im Himmel oder auf Erden,
die Liebe strömt überall.
Sie will nur erwählet werden,
will umrunden den ganzen Erdenball.

Sie will wachsen, gedeihen unbändig,
im Hier, im Jetzt will sie sein.
Die Liebe, die liebt ja ständig,
sie lässt nichts aus, niemand allein.

Die Liebe will sich verschenken,
sie fordert nichts für sich ein.
Kein Mensch braucht sich zu verrenken,
der Mensch soll einfach nur sein.

Der jüng'ren Schwester er's erzählte,
als wär's ein Sündenpfuhl.
Mit rauher Stimme er sich quälte:
»Schwester, ich bin schwul.«

Noch heut hör ich die Worte,
gepresst und voller Pein.
Er hat wohl sagen wollen:
»Schwester, bitte lass mich nicht allein.«

Meine Antwort ihm nicht zur Hilfe gereichte,
die Worte zu schwach, zu wenig, zu klein.
Auch ich hab' des Bruders Not nicht gesehen,
auch ich ließ den Bruder schmählich allein.

Ich hätt' ihn pressen sollen
an mein innig liebend Herz.
Ins Ohr hätt' ich ihm flüstern sollen:
»Bruder, umsonst dein schrecklich Schmerz.«

Ich hätt' ihm sagen sollen:
»Mein lieber Bruder mein,
du bist mein lieber Bruder,
du brauchst nicht anders sein.

Ich lieb dich über alles
wie du gerade bist.
Du bist mir gut und wichtig,
vergiss die Gnadenfrist.

Du brauchst dich nicht zu schämen,
weil's nichts zu schämen gibt.
Du brauchst dich nicht zu grämen,
weil's nichts zu vergeben gibt.«

Als er über sein Gesichte
sich zog das Todestuch,
da standen wir zu Gerichte
und legten auf ihn einen Fluch.

Von ihm wurd' nicht mehr gesprochen,
so als wenn's ihn nie gegeben hätt'.
Die Wunde blieb so aufgebrochen,
doch für Heilung ist es nie zu spät.

Wir glaubten, nur Gott sei der Richter,
der über Leben entscheidet wohlfeil,
und der, der sich selber richtet,
auf ewig verspielt sein Seelenheil.

Es sei denn in letzter Sekunde,
so wurde es uns erzählt,
bittet er Gott um die Gnadenstunde,
dann hätt' er sein Seelenheil gewählt.

Was wär' das für ein Gotte,
der sich nicht erbarmen tät'
über einen gequälten Menschen,
der aus Not die Hand an sich legt?

Und wer will mir erzählen,
die Gnadentür sei zu,
wenn der Mensch nicht Gott sich erwählet,
bevor er die Augen schließt zu?

Der Gott, er sei zwar Liebe,
doch nur, solang ich leb.
Die Gnad' er mir verschließet,
wenn die Brust sich zum letzten Mal hebt,

ohne dass ich zu Ihm gefunden,
so als wenn er außerhalb wär'.
Ist er denn nicht immer schon in mir,
alles andere bloß eine Mär?

Der Gott wird dann zum schrecklichen Gotte,
wenn er dem Kleingeist entschlüpft.
Freiwillige Anbeter doch nur zum Spotte,
wenn der Mensch nur aus Angst in den Himmel
hüpft.

Wir haben dies all geglaubet,
mein Bruder, mein Bruder mein.
Selbst als du zu Grab getragen
ließen wir dich schmählich allein.

Erst viele Jahre später
stand ich an deinem Grab.
Du warst der schwarze Peter,
bis ich Abschied von dir genommen hab.

Du wurdest wieder zum Bruder,
wieder mein Bruder mein.
Ich rief dich bei deinem Namen,
ich konnt' wieder mit dir sein.

Das Schlimme an der Geschichte,
mein Bruder war nicht allein.
Er hatte so viele Brüder,
auch sie voller Not und voll Pein.

Umwölkt vom Dunst der Erziehung,
im Nebel vergrauter Tradition,
saßen sie über sich selbst zu Gerichte,
wurden sich selbst zum Spott und zum Hohn.

Sie fuhren in die Wälder,
erhängten, erschossen sich.
Sie stiegen in die Fluten,
ertränkten, ersäuften sich.

Wer zählt die vielen Toten,
wer nennt die Namen, die Zahl?
Kein Gedenkstein auf dieser Erde,
der erinnert an die Not und die Qual.

Kein Gedenkstein uns Menschen ermahnet,
nicht zu werfen den ersten Stein,
nicht uns anzumaßen zu glauben,
wir wüssten, wer für Gott taugt allein.

Wer mag sich hier erheben,
wer mag der Richter sein?
Und steht's in noch so vielen Schriften,
mögen sie auch noch so heilig genannt sein.

Der Gott ist so viel größer
als je ein Mensch gedacht.
Und alle heil'gen Bücher
doch nur von Menschenhand gemacht.

Wo Herzen sich verschließen,
da ist die Not wohl groß.
Doch gibt es nichts zu fürchten,
wir ruhen all in Gottes Schoß.

Und dreißig Jahre später,
da seh ich's endlich ein,
's gibt keine Opfer, keine Täter,
wir wollen alle ja nur sein.

Niemand hat den schwarzen Peter,
's gibt nur Menschen, die taub und blind.
Wir atmen all den selben Äther,
weil wir alle ja nur Menschen sind.

Ich hatte einen Bruder,
er war mein Bruder mein,
früh brach sein Lebensruder,
die Welt hier war zu klein.

Ich verbeug mich vor deinem Leben
und ich verbeug mich vor deinem Tod.
Ich verbeug mich vor deinem Streben
und ich verbeug mich vor deiner Not.

Das Herz vor Schmerz mir brennet,
doch was gescheh'n ist, ist gescheh'n.
Niemand das Ganze je erkennet,
nur Gott allein kann die Wahrheit seh'n.

Du hast mir mein Herz geöffnet,
mich vom Tod zum Leben erweckt.
Ich werd' dich im Herzen tragen,
bis ich selbst werd' dahingestreckt.

Will dir in den Himmel zurufen:
»Mein Bruder, mein Bruder mein,
ich will noch auf Erden bleiben,
denn dies ist mein Leben mein.«

Die Liebe ist allumfänglich,
des Menschen Leid nur Schein.
Die Liebe ist nicht vergänglich,
sie ist das Leben, das Licht und das Sein.

Mein Herz vor Liebe mir nun brennet
für Vater, Mutter und den Sohn.
Nichts von der Liebe uns je trennet,
wir sitzen all an Gottes Thron.

So wink ich freudig dir nach oben
und sage dir nun Lebewohl.
Ich will den Gotte nun still loben,
in Ihm nur sein in Weh und Wohl.

Ich hatte einen Bruder,
er war mein Bruder mein.
Er ist schon früh gestorben.
Das darf nun endlich sein.

Bitte, berühre mich

Bitte, Mutter, berühre mich,
streichle mit deiner Hand zärtlich über mein
Haar,
liebkose mit deinen Fingern mein Gesicht,
lege deine Hand sanft auf meine Wange.
Bitte, berühre mich.

Du hast keine Hände, sagst du?
Oh, Mutter, du hast Stümpfe,
bitte, streichle mir damit übers Haar,
liebkose mit deinen Stümpfen meine Wange,
lege deinen Stumpf zärtlich auf mein Gesicht.
Ich sehne mich so sehr nach einer Berührung
durch dich.

Du hast keine Arme, sagst du?
Dann bitte, Mutter, streichle mich mit deiner
Schulter,
beuge dich zu mir herab und lege deine Wange
sanft an meine Wange.

Du hast keine Wange, sagst du?
Und du hast keine Schulter, sagst du?
Bitte, Mutter, dann liebkose mich mit deiner
Nase,

streichle mir mit deinen Ohren sanft übers Gesicht,
kitzle mit deiner Stirn meine Augen.
Nur bitte, berühre mich.

Du hast keinen Kopf, sagst du?
Dann bitte, Mutter, liebkose mich mit deinen Füßen,
lasse deine Zehen sanft durch mein Haar gleiten,
streiche sanft mit deinen Füßen über mein Gesicht.
Nur bitte, Mutter, streichle mich.

Du hast keine Füße, sagst du?
Dann, bitte, Mutter, ich flehe dich an,
nimm deine Beinstümpfe und berühre mich,
streichle sanft mit deinen Stümpfen über mein Gesicht.
Liebkose mein Haar mit deinen Stümpfen,
gleite mit deinen Stümpfen sanft über meine Wange.
Nur bitte, berühre mich.

Du hast keine Beine, sagst du?
Dann bitte, Mutter, liebkose mich mit deinem Bauch,
schmiege deinen Rücken sanft an meine Wange,

lege deine Brust sanft auf mein Haar,
dass ich dich spüre.
Ich bitte dich, berühre mich.

Du hast keinen Rumpf, sagst du?
Dann bitte, Mutter, berühre mich mit deinem
Herzen,
lass es sanft über meinen Körper gleiten,
lege dein Herz zärtlich auf mein Gesicht,
so dass ich deinen Herzschlag spüre.
Lass mich dein Herz hören und fühlen.
Ich will ihm zuhören, wenn es mir etwas vorsingt
und ich will ihm lauschen,
wenn es mir Geschichten erzählt.

Sei nicht traurig, Mutter, wenn du keinen Körper
hast
und mich nicht mit deinen Händen und deinen
Füßen liebkosen kannst.
Wenn dein Herz mich berührt, so streicheln mich
tausend Hände und so liebkosen mich tausend
Füße.
Und ich will still werden, wenn es mich sanft berührt.

Du hast kein Herz, sagst du?

Endlich leben

Ich wollt' so gerne sterben,
das Leben war zu viel.
Zu weh tat das Verderben,
verlockend das Todesspiel.

Das Leben war nicht wichtig,
nur wichtig das Seelenheil.
Die Sorgen hier nur nichtig,
so hörte ich's vom elterlichen Teil.

Es hatte keine Bedeutung,
das Leben im Hier und im Jetzt.
Es zählte nur die Erleuchtung,
alles and're gering ward geschätzt.

Das Leben hier nur ein Vorhof,
das Jenseits das Ziel und Begehr.
Das Leben hier nur trostlos
und nur Gott unsere einz'ge Gewähr.

Ich wollte der Mutter folgen
auf ihrem Seelenweg,
kam dabei jedoch ins Stolpern,
zu eng war für mich der Steg.

Ich wollte der Mutter Liebe,
wollt' alles dafür tun,
dass sie bei mir nur bliebe,
dass ich könnt' in ihr ruh'n.

Ich suchte eine Leine,
ich suchte Halt und Ziel.
Ich wollt' nicht geh'n alleine,
ich wusst' doch nicht so viel.

Ich glaubte, es sei die Wahrheit,
die der Mutter Mund entsprang.
Es war meine eigne Bangheit,
dass ich nicht selbst um die Wahrheit rang.

Und aus des Vaters Munde
hört' ich vom Großen Krieg.
Tat mir von seiner Todesangst Kunde,
Zuhören war das, was mir blieb.

Er erzählt' mir von seinen Ängsten,
er wollt' nicht verloren geh'n.
Auch für ihn gehört Gott zu den Strengsten
und mich hat er gar nicht geseh'n.

Berührungslos die Kindheit,
die Fragen nicht gewollt,
glitt ich in tiefe Dumpfheit,
mein Sehnen von niemandem gezollt.

So bin ich schon gestorben,
eh' ich geboren ward.
Im alten Dunst verwoben
grub ich selbst am eigenen Grab.

Die Enge und den Kleingeist
erkenn ich nun ganz klar,
die Wunden meiner Kindheit
nicht unauflöslich da.

Gefüllt von neuem Leben,
erfrischt das Herz, der Geist.
Die Brust ist voller Streben,
das Herz nicht mehr vereist.

Der Panzer ist gebrochen,
das Licht, es bricht hindurch.
Die Hoffnung, einst zerbrochen,
nun hebt sich ohne Furcht.

Noch zart, doch langsam wächst sie,
wächst stärker immer mehr.
Ich lerne nun ganz langsam:
Die Welt, sie ist nicht leer.

Die Hoffnung macht mich froh verlangend
nach Liebe, Leben, Licht und Sein.
Ich will nun alles trinken,
den süßen und den bitt'ren Wein.

Nun will ich endlich leben,
will werden was ich bin.
Will mich mit Leichtigkeit erheben,
bis ich auf Erden schon im Himmel bin.

Nichts

Nichts kommt aus nichts,
alles ist schon da.
Nichts bleibt, so wie es ist,
nichts geht, was einmal war.

Sehnsucht

An des Todes Grabesstätte,
wo der Körper kalt und bleich,
wo die Leichtigkeit vergang'ner Tage
aus dem Atem mir entweicht.

Steh ich einsam, bang verloren,
fühl wie's mir das Herz entzweit.
Fühl als würd' das Blut vergoren,
steh am Rand, der Weg so weit.

Denk ich an vergang'ne Tage
als mir Freud und Sonne schien,
als das Herz zersprang vor Sehnsucht
nach des Lebens Sehnsucht hin.

Kannst denn sein an dieser Stelle,
dass dies alles nur Gespinst?
Brech ich fort wie eine Welle,
frech der Widerspruch in mir grinst.

Das Schränklein

Du liebes gutes kleines Schränklein,
wie wohl du mir als Kindlein warst.
In dir behütet auf dem Bänklein
gar wohl geborgen, beschützt ich saß.

Du hast mich sanft und weich getragen,
du hieltst mich wohl in deinem Arm.
Befreit in dir konnt' ich es wagen
zu atmen ohne Angst und Scham.

Dein warmes Holz mich fest umfinget,
so stark und sicher und so rein,
dass ich ganz lange an dir hinget,
wollt' immer nur ganz bei dir sein.

Die Mäntel, Röcke und die Kleider,
die Menschen einst in dich gehängt,
beschützen mich wie Druckabscheider
und wurden mir so zum Geschenk.

Mein Schlaf bewachtest du, oh Schränklein,
beschütztest mich vor kalter Nacht.
Du hülltest mich in deinen Saum ein,
in dir ich fühlt' mich wohl bedacht.

Sanft summte ich ein Liedlein
zur guten Nacht mir leise zu.
In dir, du liebes gutes Schränklein,
ganz schnell ich fand zu meiner Ruh.

Die Welt dort draußen ist gefährlich,
die Menschen grausig-schneidend kalt.
Sitz ich in dir, wie ist das herrlich,
beschützt du mich und sagst schroff: 'Halt!'

zu denen, die zu nah mir wollen,
die mir nichts Gutes, Schönes tun.
Die Tür schnell zu, sie mögen grollen,
dein Holz versteckt mich flink im Nu.

Die Welt dort draußen ist nun stille,
so still wie's in mein Herzlein ist:
'Es ist nun einmal Gottes Wille,
dass du in diesem Schränklein bist!'

Doch muss ich fort, es will nichts nützen,
auch wenn der Abschied schwer mir fällt.
Heut sollst du mich nicht mehr beschützen,
ich hoffe, dass die Welt mich hält.

Ich muss hinaus ins bunte Leben,
auch wenn's mir dabei bange wird.
Ich fühl in mir ein mächtig Streben,
auch wenn mich das noch sehr verwirrt.

Ganz vorsichtig und zart und leise
die Tür ich öffne einen Spalt,
und seh die Welt auf neue Weise,
die Neugier macht nun nicht mehr Halt.

Ich hoffe, dass ein gutes Sternlein
mir Glaube schenkt und auch Vertrau'n,
dass außerhalb von meinem Schränklein
auf eigne Gaben ich kann bau'n.

Dass gute Mächte wissend weise
in dieser Welt am Werke sind
und mich beschützen sanft und leise,
wie du, mein Schränklein, mich als Kind.

So dank ich dir, du liebes Schränklein,
für deine große gute Tat,
doch muss ich fort, muss ganzer Mensch sein,
beschränkt zu sein, das ist zu schad!

Oh Mutter, liebe Mutter

Nach Art eines Bänkelliedes zu singen - Melodie nach eigener Wahl

Oh Mutter, liebe Mutter, du liebe Mutter mein,
komm setz dich an mein Bettchen, ich fühl mich
so allein.
Ich brauche deine Hände, die zärtlich mich berühr'n,
ich brauche deine Wärme, möcht' überall dich
spür'n.

Ich brauche deine Augen, die liebend auf mir
ruh'n
und mehr noch deine Lippen, die mir nur Gutes
tun.
Küss sanft mir mein klein Näslein, streich zärtlich
meinen Po,
streich zärtlich mein klein Bäuchlein, das macht
mich alles froh.

Am liebsten lieg ich schlummernd ganz nah auf
deiner Brust,
dann kann ich ruhig atmen, das ist mir eine Lust.
Ich brauche deinen Körper so sehr wie Atemluft,
ich brauche deine Nähe, ich brauche deinen Duft.

So sanft und weich und sicher ruht' ich in deinem
Bauch,
bis zuckend Kraft mich packte, mich presste
durch den Schlauch.
Dein Herzschlag mich stets wiegte, dein Atem
mich umrann,
nun lieg ich in der Wiege, es ist als wär's ein Bann.

Erschöpft, verwirrt und ängstlich lieg schreiend
ich hier da,
weiß nicht, was mich erwartet, weiß nur das, was
mal war.
Nun lieg ich hier im Bettchen, weit weg von deiner Glut,
wie komisch dies Gefühl ist, weiß nicht wie mir
das tut.

So fremd, so kalt, so anders ist diese neue Welt,
ich bin mir gar nicht sicher, ob's mir hier auch
gefällt.
Oh Mutter, liebe Mutter, ich bitt dich inniglich,
zeig mir dein freundlich Lächeln, zeig mir dein
süß Gesicht.

Ich brauche deine Liebe und deine Zärtlichkeit,
ich brauche keine Hiebe, ich brauche deine Zeit.
Ich brauch dich über alles, ich brauch dich unge-
mein,
ich brauche dich zum Atmen, möcht' immer bei
dir sein.

Oh Mutter, liebe Mutter, nimm mich auf deinen
Arm,
dann fühl ich mich geborgen, dann wird mir
gleich ganz warm.
Dann bin ich mir ganz sicher, dass du nun bei mir
bist,
ich dulde keinen Aufschub, ich dulde keine Frist.

Ich brauche trockne Windeln, ich brauch die Mut-
terbrust,
ich brauch die Luft zum Atmen, das ist mir eine
Lust.
Doch mehr als alle Windeln, als saubre Kleidchen
an,
brauch ich ganz viel Berührung, das bricht den
graus'gen Bann.

Du hast mich einst umfangen, so gänzlich warm
und weich,
in dir ich selig ruhte, dein Bauch mein Himmelreich.
Mir fehlt dein pochend Herzschlag, dein Blut, das
mich umspült,
mir fehlt die schützend Hülle, dein Atem, der
mich füllt.

Drum summ mir gleich ein Liedchen ganz sanft
und leise vor,
sag mir, ich bin dein Liebchen, küss zärtlich mir
das Ohr.
Streich sanft mir übers Köpfchen, küss mir die
Tränchen weg,
schenk mir ein gütig Lächeln, das nimmt der
Nacht den Schreck.

Bleib bitte an mein Bettchen, so lange bis ich ruh,
streich sanft mit übers Köpfchen, bis die Äuglein
tu ich zu.
Die Dunkelheit, die ist's nicht, die ich so schrecklich fürcht',
die Einsamkeit, die kalte, die ist's, die mich so
würgt.

Drum Mutter, liebe Mutter, ich bitte dich so sehr,
ich brauche nicht nur Futter, ich brauche so viel
mehr.
Noch hab ich's nicht begriffen, dass ich getrennt
von dir,
dass da ein eigner Mensch ist, der schlummert still
in mir.

Noch fühl ich uns als Einheit, als wär' dein Bauch
noch da,
noch glaub ich, dass wir eins sind, so wie es einmal war.
Doch irgendwie ist's anders, ich spür den Bauch
nicht mehr,
drum brauch ich deine Wärme, dein Streicheln
doch so sehr.

Dass ich kann es ertragen, gesondert nun zu sein,
getrennt von deinen Gaben fühl ich mich so allein.
Drum Mutter, liebe Mutter, berühr mich ganz
und gar,
möcht' überall dich spüren, ich bitt dich, mach es
wahr.

Was deine eigne Mutter dir einst erzählen tat:
'Das Kind braucht strenge Hände, Erziehung
streng und hart',
glaub mir, es ist ein Märchen, das Böses dir nur
tat,
ich bitt dich, liebe Mutter, vergiss die Moritat.

Trenn dich von alten Zöpfen, die dir nichts Gutes
tun,
zieh aus die ewig alten, die ausgetret'nen Schuh'n.
Wag Zärtlichkeit unendlich, die ich so dringend
brauch
und das, was du mir schenkest, das brauchst du
selbst ja auch.

Drum Mutter, liebe Mutter, sei zärtlich durch und
durch,
dann schmelze ich wie Butter und schlaf die
Nacht bald durch.
Wenn ich dann doch mal aufwach, sei bitte sofort
da,
streich sanft mir übers Bäckchen, streich sanft mir
übers Haar.

Ich hab noch keine Worte, die ich dir sagen könnt',
ich kann ja noch nicht sprechen, ist mir noch nicht vergönnt.
Die Sprache, die ich spreche, die geht von Herz zu Herz,
ich spreche ohne Worte, ich spüre Freud und Schmerz.

Mein Körper kann nur zeigen, was ich gerade fühl,
wo's kneift, wo's zwickt und zwacket, ob's mir gerade kühl.
Auch wenn ich deine Worte noch nicht vom Sinn versteh,
so spür ich allemale, ob's wohl dir oder weh.

Und klingen deine Worte gar wohl und fein und süß,
so ist's als wenn Gott selber auf Erden mich begrüßt.
Wenn deine süße Stimme mich warm und weich umspült,
mich in den Schlaf sanft schaukelt, nichts mehr mir dann noch fehlt.

Oh Mutter, liebe Mutter, sei immer für mich da,
ich brauch dich jede Stunde, ich weiß ja wo ich
war.
Dann kann Vertrauen wachsen, dann bin ich gerne hier,
dann fühl ich mich geborgen, obwohl getrennt
von dir.

Bald sitz ich auf dem Töpfchen und mach die Aa
rein,
du streichst mir übers Köpfchen und sagst zu
mir: 'Wie fein!'
Dann geh ich erste Wege auf meinen Beinchen
klein,
zur Welt hinaus ich strebe, die Welt, die wird nun
mein.

Doch Mutter, liebe Mutter, ich brauch dich jetzt
noch mehr,
die Welt, die noch so neu ist, verwirrt mich doch
noch sehr.
Die Welt, so schön und spannend, so freude-
spendend reich,
ist manchmal auch gefährlich und tut auch weh
zugleich.

Ich brauch den sichren Hafen, dass du mich nicht
vergisst,
ich brauche dich als Heimat, die du hier für mich
bist.
Ich brauche deine Liebe, die Hand auf mein Gesicht,
ich brauch dein zärtlich Streicheln, bin ganz darauf erpicht.

Ich bitt dich, unterstütz mich, dass ich die Wege
geh,
sei da, wenn ich nicht sicher, wenn jemand tut mir
weh.
Ich brauch noch deine Hilfe und deine liebend
Hand,
ich brauche dein Verständnis, ich brauch das liebend Band,

das innig uns verbindet, das Schutz mir gibt und
Ruh,
ich brauch deine Berührung, die zärtlich deckt
mich zu.
Doch lass mir auch die Freiheit, die Schritte selbst
zu geh'n,
die Welt hier zu erkunden, mich selbst und and're
seh'n.

Oh Mutter, liebe Mutter, dir soll's gesungen sein,
ich brauch dich mehr als alles, ich bin ja noch so
klein.
Bin ich dann groß geworden, sing ich dir dieses
Lied,
sing: 'Ich fühlte mich geborgen', sing: 'Mutter, ich
hab dich lieb.'

Die wunderbare Verwandlung

In einer großen weiten Höhle, ganz tief unter der Erde, lebte einst eine kleine Made. Ihr Name war Argonata. Argonata lebte mit vielen anderen kleinen Maden in dieser riesigen verborgenen Höhle. Alle hatten schöne dicke, fettglänzende Körper. Sie waren mit herrlich silbrig schimmerndem Schleim überzogen. Nur die kleine Made Argonata fühlte sich hässlich. Sie fand ihren Körper für eine Made viel zu dünn und zu klein. Und er glänzte auch nicht so schön wie bei den anderen Maden, sondern wirkte vertrocknet und unscheinbar. Zumindest fühlte Argonata es so. Nur gut, dass sie in dieser dunklen Höhle war und sie von niemandem gesehen werden konnte. Es drang nur wenig Licht von einem winzig kleinen Loch von ganz weit oben in die Höhle hinunter. So war es zu dunkel in der Höhle, als dass sie von den anderen Maden wirklich gesehen werden konnte. Und das war gut so.

Eines Tages begann eine merkwürdige Unruhe. Argonata bemerkte, dass sich einige Maden plötzlich auf den Weg nach oben machten. Zuerst waren es nur wenige, dann wurden es aber immer mehr und mehr. Weil Argonata sich so hässlich fühlte, lebte sie ja nun eher für sich und vermied normalerweise die Nähe und den Kontakt zu den anderen. Als aber wieder eine Gruppe an ihr vorbeikroch, siegte schließlich doch ihre Neugier.

»Wohin geht ihr?« fragte Argonata die Maden.

»Wir ziehen ins Licht«, antworteten sie.

»Ins Licht?«, fragte Argonata.

»Ja, wir ziehen nach oben auf die Erdoberfläche. Dort soll es eine Sonne geben, die überall scheint und ein wunderbar helles Licht verbreitet und alles mit Leben und Glück erfüllt. Uns ist dort eine wunderbare Verwandlung verheißen worden. Deshalb gehen wir.«

»Eine Verwandlung? Was für eine Verwandlung?«, fragte Argonata erstaunt.

»Das wissen wir auch nicht so genau. Es gibt eine alte Prophezeiung, die besagt, dass wir eines Tages alle eine wunderbare Wandlung durchmachen und wir ganz neu und wunderschön sein werden. Mehr wissen wir auch nicht.« Und noch ehe Argonata weiterfragen konnte, waren sie auch schon davongekrochen.

Nach und nach leerte sich die Höhle. Schließlich waren außer Argonata nur noch ganz wenige Maden übrig geblieben. Es waren vor allem die Misstrauischen und die Ängstlichen. Es waren aber auch einige Maden darunter, die bisher geblieben waren, weil sie auf ihre ängstlichen oder misstrauischen Freunde gewartet hatten und sie zum Mitgehen überreden wollten. Schließlich kam Argonatas einziger Freund zu ihr. Nun war er nicht wirklich ihr Freund. Sie hatten bisher nur wenig Kontakt miteinander gehabt und auch noch nicht viel miteinander gesprochen. Er hatte einfach nur des öfteren ihre Nähe gesucht, was Argonata wohl bemerkt hatte, und auch sie fühlte sich irgendwie von ihm angezogen. So hatten sie öfter schweigend nebeneinander gesessen, bis einer von ihnen sich schließlich geräuspert hatte und meinte, dass es nun an der Zeit sei wieder zu gehen.

»Ich ziehe nach oben«, sprach er zu Argonata. »Willst du nicht mitkommen?«

»Was soll ich dort?«, antwortete die kleine Made missmutig.

»Es soll dort oben wunderschön sein. Und wir sollen dort eine wunderbare Verwandlung erfahren. Bist du denn nicht neugierig auf dieses wundervolle Licht, von dem alle erzählen?«

»Das sind doch alles nur Gerüchte. Wer sagt denn, dass das stimmt mit dieser Sonne? Niemand hat diese Sonne doch vorher je gesehen. Und wer weiß, was uns da oben erwartet. Nein, nein, ich bleibe hier. Ich lass mich nicht durch irgendwelche Geschichten zu etwas Unvernünftigem verleiten.«

Ihr Freund sah sie an.

»Willst du wirklich nicht mitkommen?«, fragte er sie noch einmal. Argonata schaute nur trotzig zu Boden und schwieg.

»Dann lebe wohl, Argonata, denn ich werde gehen.« Er schaute noch einmal kurz zu ihr hinüber. Als sie sich nicht weiter rührte, drehte er sich um und verschwand ohne ein weiteres Wort.

Die kleine Made schaute ihm verunsichert nach. Insgeheim war sie ja doch auch neugierig auf diese Sonne und diese wunderbare Verwandlung, die da oben auf Erden stattfinden sollte. Aber tief in ihr war eine große Angst, dass oben in dem Licht alle ihre Hässlichkeit sehen und alle über sie lachen würden. Also blieb sie lieber in ihrem dunklen Versteck. Hier konnte ihr niemand etwas zu leide tun. Hier war sie geborgen und sicher.

Schließlich verließen auch die letzen Maden die Höhle und eines Tages war Argonata ganz alleine. Die Tage und Wochen vergingen und mit der Zeit wurde es der kleinen Made zu langweilig so alleine in der großen Höhle. Auch wenn sie so gut wie keinen Kontakt zu den anderen gehabt hatte, so waren die anderen doch immerhin da gewesen und sie konnte ihnen zusehen und zuhören, was sie so machten, worüber sie sich unterhielten und lachten. In der Gemeinschaft für sich alleine zu sein, das hatte noch etwas für sich. Aber so ganz alleine für sich alleine zu sein, das brachte nicht wirklich etwas. Die Dunkelheit und die Einsamkeit machten ihr plötzlich keinen Spaß mehr. Und ihre Neugierde wuchs. Was, wenn die anderen doch recht hatten und da oben wartete etwas Wunderbares auf sie? Und während die anderen sich womöglich bereits an ihrer wunderbaren Verwandlung und an dieser Sonne erfreuten, verpasste sie das Wunderbare vielleicht noch, wenn sie zu lange wartete. Nein, das durfte nicht sein und so verließ auch Argonata schließlich die Höhle, um ans Tageslicht zu gelangen. Und tatsächlich. Wie wunderbar war diese Sonne anzusehen. Man konnte ihr nicht direkt ins Antlitz schauen, so stark und hell war sie. Aber alles, was die Sonne mit ihren Strahlen berührte, wurde in ein wunderbar warmes und weiches Licht getaucht. Die Sonne spendete der Welt ihr Licht, ihren Glanz und ihre Wärme. Die ganze Welt erschien hell und klar und rein. Wie wunderschön war alles anzusehen. Alles fühlte sich plötzlich so leicht und freundlich an. Die Luft war erfüllt von einem lebendigen Summen und Zirpen. Unzählige Insekten flogen durch die Luft und der Boden wimmelte nur so vor Leben, das darin krabbelte, sich schlängelte, darin grub und wühlte und hüpfte und sprang. Plötzlich fühlte Argonata, wie es anfing in ihr warm zu werden und wärmer und immer wärmer, bis es schließlich in ihr zu brodeln und zu kochen schien. Es war, als wenn etwas in ihr und aus ihr geboren werden wollte und ehe sie es sich versah, brach ihre Außenhaut auf und etwas schmales Längliches kroch aus ihrer rechten Seite nach außen. Zuerst erschrak Argonata, aber dann bemerkte sie, dass sich aus diesem länglichen Etwas ein wunderschöner bläulich-gelb schimmernder Flügel entfaltete. Im selben Moment brach es auch schon aus ihrer linken Seite hervor. Wieder streckte sich etwas schmales Längliches aus ihrer Seite heraus und entrollte sich wie auf der anderen Seite zu einem wundervollen samtig weichen und in der gleichen bläulich-gelben Farbe schimmernden Flügel. Aus ihrem Kopf wuchsen nun wunderschöne filigrane Fühler und ihr Körper streckte und reckte sich, bis er auf wundersame Weise in regelmäßigen Abständen von dünnen ebenmäßigen Ringen umsäumt war. Von Argonatas altem Madenkörper war nun nichts mehr zu sehen. Argonata staunte, als sie an sich heruntersah und ihren wunderschönen Körper betrachtete. Intuitiv schlug sie ein paar Mal mit ihren beiden Flügeln und ehe sie es sich versah, erhob sie sich anmutig und leicht in die Lüfte. Argonata schloss die Augen. Was für eine wunderbare Verwandlung. Aus ihrem kleinen plumpen unansehlichen Körper war dieses unglaublich schöne Geschöpf erwachsen. Sie schwebte wie eine Feder durch die Luft. Argonata genoss das sanfte und leichte Getragenwerden und mit ebenmäßigen Flügelschlägen flog sie durch diese wunderschöne oberirdische Welt. Wie wunderbar das Leben doch war. Als sie nach einiger Zeit die Augen öffnete und sich umschaute, da bemerkte sie überall diese wundervollen Geschöpfe, die so ähnlich wie sie aussahen.

»Hallo, Argonata«, lachten da einige freudestrahlend zu ihr hinüber.

Da erkannte Argonata, dass es die anderen Maden aus der Höhle waren.

»Wir sind jetzt Schmetterlinge«, jubelten sie ihr im Vorbeifliegen zu und zogen mit leichten Flügelschlägen davon.

Es stimmte also. Alle waren sie verwandelt worden. Alle waren jetzt wunderschöne Schmetterlinge. Manche waren ganz in Gelb getaucht, einige in Ocker und Braun, andere wieder in Rot- und Grüntöne. Aber nur sie, Argonata, hatte diese wunderbaren gelb-blau schimmernden Flügel. Wie schön sie doch war. Und war sie im Vergleich zu den anderen nicht die Schönste? Sie flog zu einem kleinen See, um sich im Wasser zu betrachten. Und tatsächlich. Sie war von allen die Schönste. Argonata breitete ihre Flügel aus.

»Seht her!«, rief sie der Welt entgegen. »Seht, wie schön ich bin.«

Und sie flatterte hinauf bis zu der weit ausladenden Krone einer stämmigen Ulme, die direkt am Ufer des kleinen Sees stand.

»Schau«, rief sie der Ulme zu und flog aufgeregt vor ihr hin und her. »Schau, Ulme, wie schön ich bin. Hast du jemals so etwas Schönes wie mich gesehen?«

Ohne eine Antwort abzuwarten, flatterte Argonata davon. Sie kam zu einem großen Berg.

»Schau, Berg«, rief sie dem Berg schon von weitem entgegen. »Schau, wie schön ich bin. Hast du jemals so etwas Schönes wie mich gesehen?« Und ohne eine Antwort abzuwarten, flog Argonata davon.

Wie prächtig die Welt doch war. Wie schön in ihr zu leben. Wie hatte sie es nur so lange in dieser eintönigen dunklen Höhle aushalten können? Wie hatte sie nur so lange in dieser Dumpfheit und in dieser Enge leben können? Sie war doch zu größerem geboren. Sie war nicht dafür bestimmt, ihr Leben kläglich auf dem Bauch kriechend zu verbringen, sondern sich frei und leicht empor zu heben und anmutig und elegant durch die Lüfte zu schweben. Argonata schaute zur Sonne hinauf. War sie nicht wie die Sonne? So wie die Sonne der Erde ihr Licht spendete und alles auf Erden beglückte, so war auch sie, Argonata, dazu bestimmt, mit ihrer Schönheit die Welt zu beglücken. Ja, sie war der Sonne gleich. Und so flog sie stolz von einem Ort zum anderen. Sie zeigte sich überall mit ihrer Schönheit. Sie zeigte sich dem Fluss und den Gräsern, den Wolken und dem Meer.

»Schaut her, schaut her!«, rief sie allen aufgeregt entgegen. »Schaut, wie schön ich bin.«

Schließlich war Argonata vom vielen Herumfliegen und Rufen ganz müde geworden. Erschöpft ließ sie sich auf dem Ast einer alten knorrigen Eiche nieder. Sie legte ihre Flügel aufeinander und ruhte sich ein wenig aus.

»Es ist schön, so schön zu sein«, murmelte sie wohlig und sich zufrieden räkelnd vor sich hin.

»Ja, nicht wahr«, hörte sie da eine sanfte Stimme. »Es ist wunderschön, wie schön die Welt ist.«

»Wer spricht da?«, fragte Argonata, die sich umschaute und niemanden entdeckte.

»Ich, der Baum«, antwortete die alte Eiche. »Willkommen in meinem Zuhause. Es ist schön, dass du da bist.«

»Oh, du alte Eiche sprichst zu mir. Ja, danke, ich bin gerne hier und beglücke auch dich gerne mit meiner Schönheit.« Sie entfaltete ihre Flügel und schlug damit ein paar Mal auf und nieder, damit die alte Eiche ihre wunderschönen blauen und gelben Farben sehen konnte.

»Bin ich nicht wunderschön?«, fragte Argonata die alte Eiche.

Diese nickte zustimmend und ein paar ihrer alten knorrigen Äste wogen dabei sanft auf und nieder. »Ja, du bist ein wunderschöner Schmetterling«, antwortete die alte Eiche.

»Ja«, entgegnete Argonata, »und ich werde zur Sonne hinaufsteigen und neben ihr auf die Welt scheinen, so dass alle meine Schönheit sehen können und etwas davon haben.«

Beflügelt von ihren eigenen Worten erhob sich Argonata in die Lüfte. Ihre Müdigkeit war wie verflogen und sie schwang sich empor und flog immer weiter nach oben, immer höher und höher, der Sonne entgegen. Es wurde immer wärmer und wärmer. In ihrer Euphorie achtete Argonata nicht darauf. Sie sah sich schon neben der Sonne thronend auf die Welt hinunterschauen und von allen dort unten bewundert ob ihrer unglaublichen Schönheit. Sie bemerkte zu spät, dass einer ihrer Flügel Feuer gefangen hatte. Schon fing der zweite Flügel zu glühen an und jäh stürzte Argonata zu Boden. Wahrscheinlich wäre sie zu Tode gestürzt, wenn nicht die alte Eiche sie sanft mit ihrem dichten Blätterdach aufgefangen hätte. Trotzdem war der Aufprall heftig genug und Argonata lag eine ganze Weile benommen in den Armen der alten Eiche, unfähig sich zu bewegen oder etwas zu sagen. Schließlich kam Argonata wieder zu sich. Wie erschrak sie, als sie an sich herunterblickte. Von ihrer Schmetterlings-Schönheit war nichts geblieben. Ihre bläulich-gelben Flügel waren von der Hitze zu knorrigen harten Flügelkappen verbrannt. Von der herrlichen gelbblauen Farbe war nichts mehr zu sehen. Ihre Fühler waren zusammengeschrumpft und ihr ganzer Körper zu einer unscheinbaren schwarz-braunen Farbe verkohlt. Entsetzt starrte Argonata auf ihren Körper. Dann fing sie bitterlich zu weinen an.

»Warum weinst du?«, fragte die alte Eiche.

»Na, siehst du denn nicht, wie ich jetzt aussehe?«, schluchzte Argonata. »Nichts ist von dem geblieben so wie ich war.«

»Ja«, antwortete die alte Eiche sanft. »Nichts bleibt wie es ist. Alles befindet sich in einem ständigen Wandel. Wir erneuern uns ständig. Ist das nicht wunderbar?«

»Was soll daran wunderbar sein?«, schluchzte Argonata. »Meine ganze Schönheit ist dahin.«

»Oh nein«, entgegnete die alte Eiche ruhig. »Du bist genauso wunderschön wie vorher. Du hast nichts von deiner Schönheit verloren.«

»Wunderschön? Was an mir soll wunderschön sein? Ich habe einen harten knorrigen Panzer als Körper. Meine Flügel haben nichts mehr Anmutiges und Elegantes an sich. Sie haben ihre herrliche Farbe verloren. Ich bin ein kleiner hässlicher Käfer geworden.«

»Aber die Käfer sind doch wunderschön«, entgegnete die alte Eiche.

»Schön? Was soll an einem Käfer denn schön sein?«, fragte Argonata verzweifelt.

»Alles«, entgegnete die alte Eiche sanft.

»Alles?«, fragte Argonata ungläubig.

»Ja«, antwortete die alte Eiche. »Du musst nur genau hinschauen. Dann siehst du es. Schau dort unten die kleine Käfer und die Ameisen, wie sie emsig und mit Anmut über den Boden krabbeln. Schau dort die Blindschleiche, wie sie sich elegant durch das Laub schlängelt. Schau dort den Frosch, wie er mit seinem herrlich grün glänzenden Körper dasitzt und uns sein wunderschönes

Lied schenkt. Überall wo du hinschaust in dieser Welt gibt es nur Schönheit.«

»Aber ich bin nicht schön«, beharrte Argonata und schaute traurig an sich herunter. »Vielleicht geschieht es mir ja recht«, fügte sie nach einer Weile hinzu. »Was habe ich mir auf meine Schönheit eingebildet. Ich war so stolz und habe geglaubt, dass ich von allen die Schönste bin. Ich habe geglaubt, der Sonne ebenbürtig zu sein und die Sonne hat mich wegen meiner Arroganz zu Fall gebracht. Ich bin wohl zu recht bestraft worden. Niemand darf sich über andere erheben.« Wieder fing sie bitterlich zu weinen an.

»Es ist wie es ist«, entgegnete die alte Eiche ruhig. »Du brauchst nur die sein, die du bist. Und alles, was geschieht, ist genauso richtig, wie es geschieht. Nichts braucht anders sein. Alles ist von einer unendlichen Schönheit durchdrungen. Schau, wie alles an dir stimmt und richtig ist. Schau, wie wunderschön du bist.«

Die Worte der alten Eiche hatten Argonata tief berührt. Sie senkte ihren Kopf und sagte:

»Ja, ich will nun als Käfer durchs Leben gehen und diese Verwandlung als Strafe für meinen Stolz annehmen.«

Die alte Eiche schüttelte ihre großen Äste.

»Niemand bestraft dich. Niemand verurteilt dich und niemand möchte, dass du dich schlecht fühlst«, sagte sie sanft, »außer du tust es selbst.«

Argonata nahm einen tiefen Atemzug. Sie schämte sich unendlich ob ihres Stolzes und in ihr schmerzte ein Gefühl von Traurigkeit über den Verlust ihrer Schönheit, die sie so leichtsinnig verspielt und nun für immer verloren hatte.

»Ich danke dir, liebe Eiche, dass du mich aufgefangen hast. Und ich danke dir für deine Freundlichkeit, die ich nicht verdient habe«, sagte sie leise und noch ehe die alte Eiche etwas antworten konnte, flog Argonata beschämt davon.

Nachdem sie eine gute Weile geflogen war, setzte sie sich auf die Kuppe eines großen Felsbrockens und dachte über alles nach, was geschehen war. Sie hatte sich im Licht der Sonne über die anderen gestellt. Sie hatte geglaubt, der Sonne gleich zu sein. Wie konnte sie der Sonne und den anderen jetzt noch unter die Augen treten? So beschloss Argonata ein Tier der Nacht zu werden und in der gleichen Dunkelheit zu leben wie früher in der Höhle, als sie noch eine Made war. Das sollte ihre Strafe sein. So verbarg sie sich am Tag vor der Sonne und den anderen und flog nur noch nachts in der Welt umher.

Viele Wochen und Monate waren vergangen, seitdem Argonata nun in der Dunkelheit lebte. Der Mond war das einzigste Licht, das sie zu Gesicht bekam. Eines Nachts bemerkte sie einen Nachtfalter, der sich ihr gegenüber auf einem Strauch niedergelassen hatte. Es war gerade Vollmond und so konnte sie ihn recht gut sehen. Er hatte die gleichen unscheinbaren Farben wie sie und doch war er wunderschön anzusehen. Plötzlich breitete er seine Flügel aus. Es sah aus, als wenn er die Welt damit umarmen wollte. Argonata sah wie schön seine Flügel waren. Sie waren in einem gelblich-braunen Ton getaucht. Dunkle schwarze Linien malten eine wunderschöne Zeichnung auf seine Flügel. Sie kreisten in sanften ebenmäßigen Schwüngen über seine gesamte Flügelbreite, bis sie sich endlich im oberen Teil in zwei wunderschönen Kreisen zusammenfanden. Es war, als wenn auf seinen Flügeln zwei Augen sanft zu ihr hinüberschauten. Irgendwie kam ihr der Falter bekannt vor. Im gleichen Moment hatte der Nachtfalter auch sie entdeckt. Eine kurze Zeit schauten sich beide schweigend an. Da, plötzlich, wusste sie es. Es war ihr alter Freund aus der Höhle, der da vor ihr saß. Auch er erkannte Argonata im selben Augenblick.

»Argonata, wie schön dich zu sehen«, rief er freudestrahlend zu ihr hinüber. »Ich hatte schon befürchtet, dass ich dich niemals wiedersehe. Wie schön, dass du da bist.« Mit ein paar Flügelschlägen flog er zu Argonata hinüber und setzte sich neben ihr hin. Glücklich lächelte der Nachtfalter sie an. »Und sind wir nicht wunderbar verwandelt worden?«, setzte er voll Freude hinzu.

»Bist du denn ... auch verbrannt worden?«, fragte Argonata den Nachtfalter langsam.

Dieser schaute sie irritiert an und schüttelte den Kopf. »Nein, ich bin wunderbar verwandelt worden. Und auch du bist ja wunderbar verwandelt worden. Wie schön du bist, Argonata.«

»Du bist nicht verbrannt worden?«, fragte Argonata erneut.

»Nein«, antwortete ihr alter Freund. »Schau doch nur, ich bin ein wunderschöner Nachtfalter geworden. Ich bin der geworden, der ich bin.« Und er breitete abermals seine Flügel aus. Es lag keinerlei Stolz darin. Argonata sah nur seine Freude und seine Dankbarkeit über seine wunderbare Verwandlung.

Argonata schämte sich erneut. Er war so freundlich zu ihr, obwohl sie ihn doch so missmutig da unten in der Höhle behandelt hatte. Und er fand sie wunderschön, obwohl sie doch nur ein kleiner hässlicher Käfer war.

»Ich bin in einen wunderschönen Schmetterling verwandelt worden«, erzählte sie ihm. »Ich hatte wunderschöne blau-gelbe Flügel. Und ich war so überheblich und stolz und habe geglaubt, dass ich der Sonne gleich bin. Nun bin ich dafür bestraft worden. Die Sonne hat mich verbrannt und mich in diesen unansehnlichen Käfer verwandelt. Nun bin ich verdammt, in der Nacht zu leben. Es geschieht mir recht und ich schäme mich so sehr, dass ich so stolz war.«

»Aber das ist doch wunderbar«, entgegnete ihr da der Nachtfalter freudestrahlend.

Etwas irritiert schaute Argonata ihn an.

»Es ist eine wunderbare Fügung, Argonata«, setzte er mit einem ernsten Blick auf sie gerichtet fort. Seine Stimme klang warm und weich. »Du weißt gar nicht, wie sehr ich mich freue, dass du da bist. Ich habe die anderen Maden gesehen. Alle sind sie in wunderschöne Schmetterlinge verwandelt worden. Und alle fliegen sie am Tage. Keiner in der Nacht. Ich hatte so sehr gehofft, dich hier oben wiederzufinden. Als ich aber all die Schmetterlinge gesehen habe, da hatte ich die Hoffnung verloren, dich jemals wiederzusehen. Denn ich bin ein Tier der Nacht und die Schmetterlinge fliegen am Tag. Und nur durch deine wunderbare Verwandlung in ein Tier der Nacht haben wir uns wiedergefunden. Nun können wir gemeinsam durch diese wunderbare Welt fliegen und all die wunderschönen Dinge gemeinsam entdecken, die es darin zu finden gibt.«

»Aber wir leben in der Dunkelheit, genauso wie früher in der Höhle. Die anderen leben im Licht. Für uns hat sich nichts geändert«, erwiderte Argonata verbittert.

»Für uns hat sich alles geändert«, strahlte der Nachtfalter sie an. »Früher haben wir nichts vom Licht gewusst. Jetzt wissen wir, dass es beides gibt. Beides hat seine Schönheit, Argonata, nur jedes auf eine andere Art. Das Licht ist nicht besser als die Dunkelheit und die Dunkelheit nicht besser als das Licht. Beides ist notwendig. Keines kann ohne das andere sein. Erst die Nacht schenkt uns das Licht. Und erst das Licht gebiert die Dunkelheit. Meine Flügel würden am Tag gar nicht zur Geltung kommen. Erst die Nacht schenkt mir meine Schönheit.«

»Was sollte ich haben, was nur in der Nacht zur Geltung kommt?«, fragte Argonata traurig zurück.

»Du bist wunderschön«, antwortete der Nachtfalter. »Ich habe dich damals in der Höhle schon wunderschön gefunden. Aber ich habe mich nicht getraut, dich anzusprechen, weil ich mich so hässlich fand und Angst hatte, dass du nichts mit mir zu tun haben wolltest.«

Argonata schaute ihren alten Freund erstaunt an. Mittlerweile hatten sich Wolken vor den Mond geschoben, sodass sie ihn nur noch schemenhaft erkennen konnte. Und doch schien es ihr, als wenn sie ihn jetzt deutlicher sah als zuvor, als der Mond noch voll und rund am Himmel stand. Es war ihr, als wenn sie ganz tief in ihn hineinschauen konnte. Sie sah seine Angst und den Schmerz, den er verspürt hatte, weil er glaubte, hässlich zu sein und befürchtete, die anderen könnten ihn auslachen, wenn sie es bemerken. Sie fühlte sich plötzlich tief verbunden mit ihm. Sie spürte, wie es ihr ganz warm und weich ums Herz wurde. Dann immer wärmer und wärmer. Es war ihr, als wenn es in ihr zu glühen anfangen wollte. Argonata erschrak. Sollte die Sonne sie mehr verbrannt haben, als sie geahnt hatte und bis ganz tief in ihr Innerstes vorgedrungen sein? Plötzlich bemerkte Argonata, wie ihr Herz tatsächlich zu glühen anfing und ihr ganzer Körper für einen kurzen Moment hell aufleuchtete. Es war, als wenn die Sonne sie erneut anzünden wollte. Argonata erschrak, dann aber wurde sie ruhig, denn es fühlte sich wunderbar warm und weich und lebendig an. Ihr ganzer Körper war davon durchströmt. Wieder erfasste ein warmer Strom ihr Herz und ihr ganzer Körper glühte erneut in diesem sanften und warmen Licht auf.

»Oh, schau doch nur, was für ein wunderbares Licht du hast. Du leuchtest ja wie die Sonne«, hörte sie da den Nachtfalter sagen.

Da wusste Argonata, dass die Sonne sie gar nicht bestraft hatte. Die Sonne hatte sie einfach nur in Liebe willkommen geheißen. Sie hatte gar nicht ihren Stolz und ihre Überheblichkeit gesehen, sondern sie nur mit Güte und Liebe empfangen. Und in ihrer Güte hatte sie ihr von ihrer wunderbaren Gabe einfach etwas abgegeben und ihr ein Teil ihres Lichts geschenkt, ohne dass sie etwas dafür von Argonata gefordert hätte. Argonata verspürte tiefe Ehrfurcht und eine tiefe Dankbarkeit über dieses wunderbare Geschenk. Ihr ganzer Körper wurde erneut von einem weichen warmen Strom erfasst. Im gleichen Moment glühte ihr Herz abermals auf und mit einem sanften Schimmer erhellte sie wieder für einen kurzen Moment die Nacht. Sie lächelte den Nachtfalter an und sanft glühend flog sie mit ihrem alten und neuen Freund in die dunkle Nacht hinaus.

So wurden auf Erden die Glühwürmchen geboren. Denk daran, wenn du das nächste Mal ein
Glühwürmchen siehst. Es sind ihre Herzen, die
du in der Nacht schimmern siehst und die uns
dieses wunderbare Licht schenken.

Pippi

Ein Bühnenstück

Personen: Pippi Langstrumpf, eine Eule mit weit aufgerissenen Augen, ohne Mund und ohne Ohren, eine ältere Frau als Weise

Pippi (zur Weisen): Och, Mensch, mit der kann man ja gar nichts anfangen. (Zur Eule) Mensch, Eule, lass uns doch mal was zusammen spielen. Siehst du, (zur Weisen) die reagiert nicht einmal. (Wieder zur Eule) Mensch, Eule, das ist echt langweilig mit dir, du guckst immer nur mit deinen ängstlich geöffneten Augen. Mit dir kann man wirklich nichts anfangen.

Die Eule schaut Pippi nur ängstlich an. Pippi atmet schwer durch. Genervt wendet sie sich ab und rudert mit den Armen.

Pippi: Och nee, das ist echt blöde mit der, immer guckt die nur, sagt kein Wort, das ist so langweilig mit der.

Die Weise (sanft): Sie kann dir nicht antworten, Pippi, schau doch nur, sie hat keinen Mund.

Pippi (genervt): Aber sie könnte wenigstens reagieren. Das tut sie aber nicht. Sie ist immer nur einfach da, guckt blöde und nichts passiert.

Die Weise macht einen tiefen ruhigen Atemzug und schaut Pippi weich an.

Pippi (vorwurfsvoll): Und du sagst auch nichts dazu. Du sitzt nur einfach da, du könntest doch auch mal sagen, dass sie mit mir spielen soll oder wenigstens ihr blödes Gesicht ablegt.

Die Weise: Sie ist wie sie ist, Pippi. Sie kann ihr Gesicht nicht ablegen, dann wäre sie nicht mehr die, die sie ist.

Pippi: Von dieser ganzen Scheiße, von diesem blöden Gerede habe ich nicht viel. Ich will Spaß haben, ich will spielen, aber das kann ich nicht. Weder mit dir, noch mit der. Du bist immer so schrecklich vernünftig. Und mit der geht überhaupt nichts. Guckt immer nur rum und macht gar nichts. Das nervt mich total. Und das irritiert mich beim Spielen. Dann kann ich gar nicht mehr richtig spielen, wenn die immer da so blöd zuguckt.

Die Weise (ganz sanft): Sie hat Angst, Pippi. Sie kann dich nicht hören, schau doch, sie hat keine Ohren. Sie versteht nicht, was du von ihr willst.

Pippi schaut immer noch genervt auf die Eule, aber es hat eine kleine Wandlung in ihr stattgefunden. Sie scheint das erste Mal zu begreifen, dass die Eule weder hören noch sprechen kann.

Die Weise: Du bist quirlig und lebendig, du bist wild und fröhlich. Das ist wunderbar, Pippi, dass du so bist. Sie ist anders. Sie ist ängstlich und verwirrt. Sie versteht die Welt nicht. Sie weiß nicht, wie sie funktioniert und was in ihr vorgeht. Sie kann weder hören noch sprechen. Sie kann die Welt nur mit ihren großen, weit geöffneten Augen ansehen. Sie braucht viel Liebe und Zuwendung. Und man muss sich ihr sehr vorsichtig nähern. Sie ist sehr schnell überfordert. Sie ist nicht so schnell wie du, Pippi. Sie hat ihr eigenes Tempo.

Pippi kratzt sich an der Nase und trippelt ungeduldig auf der Stelle hin und her.

Pippi: Aber wenn ich schon nicht mit ihr spielen kann, dann soll sie wenigstens weggehen. Sie irritiert mich, wenn ich mit anderen spiele und wenn ich dann plötzlich bemerke, dass sie mich immer so anguckt, dann kann ich gar nicht mehr richtig spielen.

Die Weise: Sie gehört zu dir, Pippi. Wenn du spielst, ist sie immer bei dir. Egal wohin du gehst, sie begleitet dich immer.

Pippi: Aber das ist es ja! Sie ist immer da, guckt mich immer mit ihren ängstlichen großen Augen an und das gefällt mir nicht.

Die Weise: Sie kann nicht weggehen, sie ist ein Teil von dir. Genauso wenig wie du von ihr weggehen kannst. Ihr beide gehört zusammen. Keine kann ohne die andere sein. Sie gehört zu dir wie deine roten Zöpfe, wie dein Lachen, wie deine Wildheit und dein Temperament. Sie war immer schon in dir und sie wird immer in dir sein.

Pippi (leicht verunsichert): Und was bedeutet das jetzt für mich?

Die Weise (lacht): Das bedeutet, dass sie immer in dir war und immer in dir sein wird. (Dann ernst) Und es bedeutet, dass du immer in ihr warst und immer in ihr sein wirst. Nur sie weiß nichts davon.

Pippi (leise): D. h. also, sie geht überall mit mir mit, egal wohin ich gehe? (Pippi macht eine kleine Pause, dann reckt sie trotzig das Kinn vor). Das ist ja blöd, dann bin ich ja nie für mich. Das verdirbt mir den Spaß, wenn sie immer bei mir ist und mich mit ihren großen ängstlichen Augen anschaut.

Die Weise (ohne Vorwurf in der Stimme): Sie verdirbt dir nicht den Spaß, Pippi. Du verdirbst ihn dir selbst, weil du sie nicht bei dir haben willst.

Pippi (leicht resignierend): Und was soll ich deiner Meinung nach nun tun?

Die Weise: Gar nichts. Lass sie einfach nur in Ruhe bei dir sein. Lass sie an deiner Fröhlichkeit teilhaben. Aber lass sie es auf ihre Weise tun. Verlange nichts von ihr. Lass sie einfach nur so da sein wie sie ist. Und wenn du mal bemerkst, wie sie dich mit ihren großen Augen anschaut, dann lächle ihr sanft zu. Das kann sie sehen und das beruhigt sie. Sie braucht sehr stark das Gefühl, dass du sie annimmst und sie nicht weghaben willst. Sonst schaut sie nur noch ängstlicher und noch verzweifelter.

Pippi (langsam): Vielleicht sollte ich sie mal in den Arm nehmen.

Es geht ein energischer Ruck durch Pippi und sie stürmt auf die Eule zu. Diese weicht ängstlich zurück.

Die Weise: Warte, Pippi. Du bist zu schnell für sie. Du überforderst sie. Du musst ganz behutsam und vorsichtig mit ihr sein. Lächle sie an. Lass sie dir bei deinen Spielen zusehen. Aber fordere nichts von ihr. Lass sie einfach so da sein wie sie ist.

Pippi (etwas zurückhaltend): Du meinst also, ich muss mit ihr leben, ob ich will oder nicht?

Die Weise (lächelt): Du darfst mit ihr leben (betont das »darfst«).

Pippi (verzieht den Mund): Ich muss also Rücksicht auf sie nehmen?

Die Weise (schüttelt mit dem Kopf): Oh nein, du brauchst nicht anders sein als wie du bist. Du bist genauso richtig so wie du bist.

Pippi atmet erleichtert durch.

Pippi: Ich darf also so bleiben wie ich bin?

Die Weise (lacht): Aber natürlich, sonst wärst du ja nicht die Pippi.

Pippi: Und ich brauch auch keine Rücksicht nehmen, wenn sie mal besonders ängstlich guckt? Ich darf also so wild und so toll spielen wie ich will?

Die Weise: Aber natürlich. (Lächelt, dann wird sie ernst) Niemand braucht anders sein als er ist, Pippi. Du bist die Pippi und du bleibst die Pippi. Sie ist die Eule und sie bleibt die Eule. Ihr beide seid wunderbar. Jeder auf seine Weise. Keiner braucht sich ändern. Das ginge auch gar nicht. Denn jeder kann nur der sein, der er ist.

Pippi: Aber was bringt es mir, dass sie da ist?

Die Weise: Ohne sie wärst du nicht vollständig. Mit ihr hast du teil an der wunderbaren Fülle des Lebens. Erst durch sie erkennst du deine Fröhlichkeit. Erst durch die Nacht erkennen wir den Tag. Dabei hilft sie dir. Sie ist ein wunderbarer Teil von dir. Ohne sie würde es dich nicht geben.

Pippi (leicht zögernd): Heißt das also, dass sie besser ist als ich?

Die Weise: Oh nein, niemand ist besser als der andere. Du bist die, die du bist und es ist wunderbar so. Sie ist die, die sie ist und es ist wunderbar so. Und ich bin die, die ich bin und es ist wunderbar so.

Die Weise lächelt Pippi sanft an, diese lächelt zurück. Dann schauen beide auf die Eule, die das Gespräch der beiden die ganze Zeit mit ihren großen ängstlichen Augen verfolgt hat. Die Weise nimmt Pippi an die Hand und geht mit ihr langsam auf die Eule zu. Sie bleiben stehen, als sich die Anspannung in dem Gesicht der Eule noch stärker zeigt, als sie es ohnehin schon ist. Sanft lächelnd schaut die Weise die Eule an, dann wendet sie sich an Pippi und sagt:

Komm, Pippi, jetzt gehen wir mal zusammen spielen.

Als Pippi sie verwundert anschaut, lacht die Weise:

Ja, das kann ich nämlich auch.

Dann laufen beide Hand in Hand fröhlich lachend davon. Die Eule folgt ihnen langsam.

Schlaf mein Kindlein

Schlaf mein Kindlein, schlafe süß,
leg dein Köpflein sanft und grüß
mir die Träume, die dir kommen,
sollen warm und weich dich sonnen.

Wenn sie dich dann doch mal quälen
und die Tränchen kullern tun,
bin ich gleich an deinem Bettchen,
nehm dich hoch, kannst bei mir ruh'n.

Noch ein Küsslein auf die Stirne,
auch das Näslein schleck ich sanft,
streich das Bäckchen ein-, zwei-, dreimal,
schnell du schläfst dann wieder ganz.

Da, ein Zehlein aus der Decke
lugt doch frech so einfach vor,
kriegt dann noch ein kleines Küsslein,
küss ich sanft noch dein klein Ohr.

Schlaf mein Kindlein, schlafe süße,
bin doch immer für dich da.
Sing dir noch ein zärtlich Liedlein,
streich dir sanft das goldne Haar.

Meine Hand sanft auf dir ruhet,
bis du tust die Äuglein zu.
Erst wenn Schlaf dich fest umhüllet,
geh ich fort, leg mich zur Ruh.

Ach, mein süßes kleines Kindlein,
wie mein Herz vor Liebe brennt,
weiß ich, dass auf dieser Erde
niemals nichts uns jemals trennt.

Werden unsere Wege einst auch
teilen sich und weilst du fern,
meine Liebe dies nicht ändert,
stets bleibst du mein Augenstern.

Tust vielleicht mir auch mal wehe,
wenn du groß geworden bist,
trittst mir auch mal auf die Zehe,
bleibst mein Kind, das ist gewiss.

Schlaf mein Kindlein, ruhe sanfte,
Mutter deckt dich wärmend zu,
bist mein Kindlein, meine Wonne,
bis ich einmal sterben tu.

Der Geburtstag *oder* Der letzte Gast

Es war wieder einmal soweit. Ich hatte Geburtstag. Alle Bewohner meines Hauses und alle meine Freunde waren eingeladen und gekommen. Alle, die zu mir gehörten, waren da. Wir hatten es uns gerade unten im Wohnzimmer gemütlich gemacht, um mit dem Geburtstagsessen anzufangen, als es an der Türe klopfte. Verwundert schaute ich in die Runde. Es waren doch alle geladenen Gäste da. Wer mochte das jetzt noch sein? Ich hatte doch niemanden vergessen, oder? Ich schritt durch den Korridor zur Haustür und öffnete sie. Vor mir stand eine junge schöne Frau. Sie lächelte mich freundlich an.

»Guten Abend«, sagte sie sanft. Ihre Stimme war angenehm weich und wohlklingend.

»Guten Abend«, entgegnete ich und schaute sie fragend an. »Wie kann ich Ihnen helfen?«

»Ich habe gehört, dass hier heute Geburtstag gefeiert wird. Und ich möchte gerne mit dabei sein«, antwortete sie höflich.

Erstaunt schaute ich die Frau an.

»Entschuldigen Sie bitte«, entgegnete ich, »ich kenne Sie aber nicht.«

»Oh doch«, lächelte sie mich an. »Wir kennen uns sogar sehr gut. Ich bin ja hier zu Hause«, setzte sie dann noch hinzu.

Ich schüttelte verwundert den Kopf.

»Sie müssen sich in der Tür geirrt haben«, entgegnete ich ihr bestimmt. »Ich kenne Sie nicht.«

»Oh doch«, beharrte die Frau, »wir kennen uns sogar schon sehr lange. Ich war doch schon bei deiner Geburt dabei.« Ihr Ton blieb gleichbleibend freundlich.

Verunsichert schaute ich die junge Frau an.

»Wer sind Sie?«, fragte ich.

»Ich bin die Eifersucht«, antwortete sie sanft.

»Die Eifersucht?«, fragte ich überrascht zurück. »Nein«, ich schüttelte energisch den Kopf, »nein, das tut mir leid, die Eifersucht kenne ich nicht. Sie müssen sich irren.«

»Nein«, widersprach mir die Eifersucht freundlich und lächelte wieder. »Wir kennen uns schon sehr lange. Und ich bin hier zu Hause«, wiederholte sie.

Verärgert über ihre Hartnäckigkeit schüttelte ich erneut den Kopf.

»Wie ich schon sagte«, erwiderte ich kühl, »ich kenne Sie nicht. Alle meine Gäste sind schon da. Sie gehören nicht zu mir. Sie müssen sich in der Tür geirrt haben.«

Und ehe die junge Frau noch etwas sagen konnte, schlug ich ihr die Türe vor der Nase zu. Ich ging zu den anderen zurück. Noch bevor ich mich setzen konnte, klopfte es wieder an der Tür.

'Sollte die Eifersucht so frech sein und erneut bei mir klopfen?', dachte ich entrüstet. Als ich die Tür öffnete, stand dort aber ein wohlbeleibter älterer Herr.

»Guten Abend«, grüßte er freundlich. »Ich habe gehört, dass hier heute Geburtstag gefeiert wird und ich würde gerne mit dabei sein.« Auch seine Stimme war weich und wohlklingend.

Etwas genervt schaute ich ihn an.

»Wer sind Sie?«, fragte ich ihn daher knapp, denn ich kannte den Mann nicht.

»Ich bin die Wut«, antwortete der Mann und lächelte mich dabei freundlich an.

»Die Wut?«, fragte ich und runzelte mit der Stirn. »Es tut mir leid«, fuhr ich fort, »aber die Wut kenne ich nicht.«

»Oh doch«, antwortete der Mann sanft und lächelte. »Wir kennen uns sogar schon sehr lange. Ich war doch schon bei deiner Geburt dabei. Und ich bin hier zu Hause und möchte bei dir wohnen.«

Ich schüttelte energisch den Kopf. »Das muss ein Irrtum sein«, entgegnete ich kühl. »Die Wut kenne ich nicht. Und sie ist hier schon gar nicht zu Hause.«

»Oh doch«, erwiderte der Mann freundlich, »schau doch nur.« Er winkte mir mit der Hand und deutete mir, aus dem Haus zu treten. Dann zeigte er mit dem Finger auf den Balken, der oben quer über der Tür angebracht war. Ich trat hinaus und schaute nach oben. Erstaunt sah ich, dass in dem Querbalken in alten Schriftzügen Worte eingeritzt waren. Ich hatte sie nie zuvor bemerkt. Verwundert las ich die Worte: 'Hier ist die Wut zu Hause.'

Für einen Moment war ich verunsichert. Dann aber stutzte ich. Was sollte das? Dort hatte doch noch nie etwas gestanden. Das wäre mir doch in all den Jahren aufgefallen. Ich spürte, wie der Ärger in mir wuchs. Ich hatte keine Lust mehr, mich weiter mit dem Störenfried abzugeben. Schließlich war heute mein Geburtstag. Ich trat wieder ins Haus zurück und schüttelte bestimmt mit dem Kopf. »Nein, das muss ein Irrtum sein«, sagte ich abweisend und noch ehe der Mann etwas sagen konnte, schlug ich ihm die Türe vor der Nase zu. Verärgert setzte ich mich zurück zu den anderen an den Tisch.

»Wer war das?«, fragten mich meine Gäste.

»Ach, Gesindel«, winkte ich ab, »das sich irgendwie einen Unterschlupf suchen möchte.« Ich hatte keine Lust, über die ungebetenen Gäste zu sprechen. »Lasst uns nun auf meinen Geburtstag anstoßen.«

Ich lächelte in die Runde und erhob mein Glas. Doch noch ehe ich einen Schluck daraus trinken konnte, klopfte es schon wieder an der Türe. Hart setzte ich das Glas auf den Tisch ab, sodass sein Inhalt fast überschwappte. Mit energischen Schritten durchquerte ich wieder den Hausflur und öffnete die Tür. Diesmal stand ein junger hagerer Mann vor mir.

»Was wollen Sie?«, fragte ich ihn knapp und schaute ihn unfreundlich an.

Der junge Mann lächelte. »Ich möchte gerne mit Geburtstag feiern und mein Zimmer in diesem Hause beziehen«, antwortete er sanft. Auch er hatte wie die beiden anderen eine weiche und freundliche Stimme.

»So eine Frechheit«, entgegnete ich, »Sie sind hier nicht zu Hause und ich kenne Sie nicht.«

»Oh doch«, erwiderte der junge Mann ruhig. »Wir kennen uns sogar schon sehr lange. Ich war doch schon bei deiner Geburt dabei.«

»Wer sind Sie?«, fragte ich ihn und zog die Augenbrauen finster zusammen.

»Ich bin der Neid«, antwortete der Mann sanft und lächelte freundlich.

»Der Neid?«, ich schüttelte mit dem Kopf. »Nein, den Neid kenne ich nicht«, sagte ich bestimmt und schlug dem Neid unversehens die Türe vor der Nase zu. Wütend ging ich zu den anderen zurück.

»Was soll das alles, all diese ungebetenen Gesellen«, schimpfte ich am Tisch.

»Ja«, sagte da die Gerechtigkeit, die mir direkt gegenüber am Tisch saß, »es ist schon merkwürdig, wer sich heutzutage alles Einlass verschaffen will.«

»Ja«, nickte da auch die Wahrheit, die ebenfalls zu meinen Gästen zählte, »und sie versuchen es alle mit Lug und Trug.«

»Das stimmt leider«, pflichtete mir auch die Liebe bei, die zu meiner Rechten saß und einer meiner liebsten Gäste war. »Es ist wirklich bedauerlich, mit welcher Dreistigkeit sie sich Einlass verschaffen wollen.«

Auch meine anderen Gäste, allen voran die Großzügigkeit und die Ehrlichkeit stimmten mir bei.

»Ärgere dich nicht«, versuchte der Humor mich zu trösten. »Es ist nur gut, dass du sie nicht hereingelassen hast. Lasst uns nun diese ungebetenen Gäste vergessen und endlich gebührend deinen Geburtstag feiern.«

Etwas versöhnt hob ich mein Glas und wollte endlich mit meinen Gästen anstoßen, als es tatsächlich doch schon wieder an der Tür klopfte. Entrüstet schaute ich in die Runde.

»Das darf doch wohl nicht wahr sein!«, rief ich. Ich setzte das Glas diesmal so hart auf den Tisch ab, dass sein Inhalt überschwappte. »Na, mal sehen, wer da schon wieder was von mir will.«

Ich öffnete die Türe und vor mir stand ein plumper Mann mittleren Alters.

»Guten Abend«, sagte er freundlich und zog höflich seinen Hut.

»Was wollen Sie?«, fragte ich ihn schroff und schaute ihn böse an.

»Ich möchte mein Zimmer in diesem Hause beziehen«, sagte er freundlich, »denn ich bin hier zu Hause.«

»Wie können Sie es wagen das zu sagen?«, fauchte ich ihn unverwandt an. »Ich kenne Sie nicht einmal und Sie behaupten hier zu Hause zu sein?« Meine Stimme bebte vor Ärger und Wut.

»Nun«, sagte der Mann ruhig, »wir kennen uns doch schon sehr lange. Ich war ja schon bei deiner Geburt dabei. Ich bin die Habgier. Und es steht sogar hier oben an der Türe, dass hier mein Zuhause ist.« Er deutete auf den Querbalken, den ich mir heute ja schon einmal angeschaut hatte. Ich trat wieder hinaus und zu meinem Erstaunen las ich auf dem Querbalken die Worte: 'Hier ist die Habgier zu Hause'.

'Was sind das für schäbige Tricks?', dachte ich bei mir.

»Und warum kenne ich Sie dann nicht?«, fragte ich ihn und schaute ihn mit böse funkelnden Augen an.

»Du hast mich nie hinein gelassen«, antwortete der Mann sanft.

»Warum sollte ich auch jemanden wie dich hinein lassen? Und du bist wahrscheinlich eher die Lüge oder die Dreistigkeit«, entgegnete ich grimmig und schlug der Habgier, oder wer das auch immer sein mochte, mit einem lauten Knall die Türe vor der Nase zu. Noch ehe ich mich setzen konnte, klopfte es abermals an der Türe. Ich hatte genug. Wutentbrannt riss ich die Türe auf und schrie dem ungebetenen Gast entgegen:

»Was wollen Sie? Lumpengesindel wie Sie sind hier unerwünscht. Ich kenne Sie nicht und habe auch nicht vor, Sie einzulassen. Egal welche Tricks Sie auch anwenden. Dieses Haus ist für ungebetene Gäste wie Sie verschlossen. Haben

Sie das kapiert?« Ich war so außer mir vor Wut, dass ich erst einmal Luft schnappen und ein paar Atemzüge machen musste.

»Guten Abend«, lächelte mir die alte Frau, die vor mir stand, sanft entgegen. »Ich habe gehört, dass du heute Geburtstag feierst. Ich würde ihn gerne mit dir feiern.« Sie lächelte mich freundlich an. Ihre Stimme war warm und weich.

»Ich kenne Sie aber nicht«, entgegnete ich schroff, doch nicht so hart wie ich es eigentlich vorhatte. Irgendetwas an der alten Frau stimmte mich friedlicher. »Genauso wenig wie all das andere Lumpenpack, das ständig an meiner Türe klopft. Ich will doch einfach nur meine Ruhe haben.« Ich sah die alte Frau fast flehentlich an. »Wieso geht ihr nicht in die anderen Häuser? Dort hinten«, ich deutete auf ein kleines windschiefes Haus, das am Ende der Straße stand, »dort wohnt der Neid. Das weiß ich ganz gewiss. Und in diesem Haus«, ich zeigte auf das Haus gegenüber, »da wohnt die Habgier. Und dort drüben wohnt die Eifersucht. Warum wird dort nicht geklopft. Warum lässt man mich nicht in Ruhe meinen Geburtstag feiern?« In einer Mischung aus Ärger und Erschöpfung schaute ich die alte Frau fragend an.

Diese lächelte sanft. »Ich verstehe deinen Ärger sehr gut«, sagte sie. »Ich glaube dir gerne, dass dich das alles viel Kraft kostet. Und du hast Recht, dort drüben wohnt der Neid und da hinten die Eifersucht. Dort in dem Haus wohnt die Habgier und in jenem der Jähzorn.« Sie lächelte dabei unentwegt.

Etwas versöhnlicher gestimmt schaute ich die alte Frau an. Sie schien mich wenigstens zu verstehen.

»Warum klopft dann die Eifersucht an meiner Tür, wenn sie doch da drüben zu Hause ist? Und warum verlangt der Neid dann noch bei mir Einlass, wenn er doch bereits in dem anderen Haus wohnt?«

»Nun«, entgegnete die alte Frau sanft, »die Eifersucht, die dort drüben wohnt, ist eine Schwester von der Eifersucht, die bei dir geklopft hat. Und in dem anderen Haus wohnt ein Bruder von dem Neid, der vor deiner Türe stand. Bei dir haben nur die geklopft, die bei dir wohnen.«

»Aber ich kenne noch viele andere Häuser, in denen die Habgier wohnt und die Eifersucht und der Hass und der Neid und wie sie alle heißen. Wie kann die Habgier dann bei mir wohnen wollen, wenn sie doch in so vielen anderen Häusern zu Hause ist?«

»Die Habgier und der Hass und der Neid haben alle viele Geschwister. Und jedes wohnt genau in dem Haus, wo es hingehört«, antwortete die alte Frau. Ihre Augen waren die ganze Zeit sanft auf mich gerichtet.

Ich tat einen tiefen Atemzug. Irgendetwas an der alten Frau berührte mich. Und sie machte mich nachdenklich. »Du meinst also, die Eifersucht, die bei mir geklopft hat, gehört zu mir?«, fragte ich sie.

»Ja natürlich«, lächelte die alte Frau mich an, »die Eifersucht war doch schon bei deiner Geburt dabei. Sie gehört zu dir wie deine Nase oder dein Mund.«

»Und die anderen?« Ich wurde etwas kleinlaut. »Gehören die auch zu mir? Der Neid und die Habgier und die Wut? Gehören die alle zu mir?«

»Aber selbstverständlich!«, lachte da die alte Frau. »Sie waren doch alle schon bei deiner Geburt dabei. Sie gehören zu dir wie deine Arme und deine Beine. Erst durch sie bist du vollständig und erst, wenn sie alle bei dir sind, kannst du wirklich Geburtstag feiern.«

Ich schaute die alte Frau an.

»Wer bist du?«, fragte ich sie.

»Ich bin die Liebe«, antwortete sie.

»Die Liebe?« Ich blickte die alte Frau verwundert an. »Aber die Liebe sitzt doch schon bei mir am Tisch.« Ich drehte mich um und deutete mit meiner Hand auf die Liebe, die an meinem Tisch saß und freundlich durch den Hausflur zu mir und der alten Frau herübersah. Ich wurde misstrauisch.

»Warum klopfst du dann noch an meiner Türe, wenn die Liebe doch schon bei mir ist?«, fragte ich die alte Frau.

»Oh«, sagte die alte Frau, »dort sitzt der Eigennutz.« Dann winkte sie freundlich zu meiner Liebe am Tisch hinüber und rief ihr ein freundliches 'Guten Abend' zu und dann noch:

»Wie schön, mein lieber Eigennutz, dass du da bist.«

»Das ... ist nicht die Liebe?«, fragte ich irritiert.

Die alte Frau schüttelte den Kopf. Ich wurde unsicher.

»Aber dort«, ich zeigte auf die Gerechtigkeit an meinem Tisch, »dort sitzt doch die Gerechtigkeit, oder?«

Die alte Frau lächelte sanft und schüttelte wieder den Kopf.

»Dort sitzt die Vergeltung«, entgegnete sie und freundlich winkte sie zu meiner Gerechtigkeit am Tisch hinüber.

»Und die Wahrheit?«, fragte ich nun völlig verunsichert. »Sitzt dort nicht die Wahrheit an meinem Tisch?«

Wieder schüttelte die alte Frau den Kopf.

»Dort sitzt die Rechthaberei«, antwortete sie und auch ihr winkte die alte Frau freundlich zu.

»Bin ich dann Betrügern auf den Leim gegangen?«, fragte ich die alte Frau und mein Entsetzen stieg. »Sollte ich sie dann nicht alle aus dem Haus jagen?«

Die alte Frau schüttelte mit dem Kopf.

»Du hast ihnen nur nicht die richtigen Namen gegeben, das ist alles«, sagte sie sanft. »Und auf keinen Fall solltest du sie verjagen. Sie gehören alle zu dir. Es ist doch wunderbar, dass sie da sind. Ohne sie wärst du nicht vollständig. Ich sehe so viele wunderbare Gäste an deinem Tisch. Ich sehe den Hochmut und den Humor, ich sehe die Feigheit und die Fairness, ich sehe die Zaghaftigkeit und den Mut. Alle gehören sie zu dir. Niemand darf fehlen.«

»Auch die, die an meiner Tür geklopft haben?«, fragte ich zaghaft nach.

»Ja, natürlich!« Die alte Frau lächelte sanft. »Ohne sie bist du nicht vollständig. Niemand darf draußen bleiben. Und sie werden so lange an deiner Türe klopfen, bist du sie endlich hereinlässt.«

Sie legte ihren Kopf zur Seite und schaute mich gütig lächelnd an. ·

»Und du?«, fragte ich die alte Frau. »Bist du wirklich die Liebe? Oder täuschst du mich auch?«

»Hat dir einer deiner Gäste einen falschen Namen genannt oder hast du ihnen selbst ihre Namen gegeben?«, fragte die alte Frau zurück, statt mir eine Antwort zu geben.

Ich sah sie nachdenklich an. Sie hatte recht. Die meisten Gäste an meinem Tisch hatte ich gar nicht nach ihrem Namen gefragt, sondern ich hatte ihnen von mir aus einen Namen gegeben. Die alte Frau schaute mich die ganze Zeit sanft lächelnd an.

»Du gehörst dann wohl nicht zu mir?«, fragte ich sie etwas betreten.

»Aber natürlich!«, lachte sie mich an. »Ich war doch schon vor deiner Geburt dabei. Ich bin doch hier zu Hause. Und ich möchte gerne mit dir deinen Geburtstag feiern.«

Erleichtert schaute ich sie an. »So sei mir willkommen und komm herein«, bat ich sie. Und ich trat beiseite, damit die Liebe in mein Haus treten konnte.

»Ich komme gerne«, sagte sie zu mir, »nur bedenke eines: Sobald ich meinen Fuß über deine Schwelle gesetzt habe, musst du jeden, der an deiner Tür klopft, wer es auch sei, hereinlassen. Du darfst dann niemanden mehr zurückweisen.«

»Und wenn jemand klopft, der nicht zu mir gehört?«, fragte ich vorsichtshalber nach.

Die Liebe lachte herzhaft auf. Sie beugte sich zu mir herüber und strich mir sanft mit ihrer Hand über die Wange. »Glaube mir, es wird niemand an deiner Tür klopfen, der nicht zu dir gehört.« Sie nickte mir zu und setze sich zu den anderen an den Tisch, nachdem sie jeden einzelnen meiner Gäste aufs herzlichste umarmt und begrüßt hatte. Glücklich schaute ich in die Runde. Ich erhob mein Glas und wollte nun endlich mit den anderen anstoßen. Da unterbrach mich die Liebe.

»Warte noch einen Moment«, sagte sie. »Es fehlt noch jemand.«

Irritiert schaute ich die Liebe an. »Aber es hat doch niemand an der Tür geklopft, seitdem du da bist«, sagte ich zu ihr.

Die Liebe schüttelte mit dem Kopf. »Das meine ich nicht. Es ist noch jemand im Haus, der nicht mit am Tisch sitzt«, sagte sie zu mir.

»Es sind alle da«, entgegnete ich ihr. »Es ist niemand sonst im Haus. Alle Zimmer sind leer. Alle, die im Haus sind, sitzen hier am Tisch.«

Die Liebe schüttelte erneut den Kopf. »Es ist noch jemand im Haus, der nicht mit am Tisch sitzt. Lasst uns auf die Suche gehen.«

Und die Liebe stand auf und so machten wir uns alle auf die Suche. Wir schauten in unzählige Zimmer. Wir öffneten jeden Schrank und jeden Verschlag. Wir schauten unter jedes Bett. Aber es war niemand da.

»Ich habe dir ja gesagt, dass alle Zimmer leer sind. Alle aus dem Haus sitzen schon am Tisch.«

Die Liebe ließ sich aber nicht von der Suche abbringen. Sie wiederholte nur, dass noch jemand im Haus sei, der nicht mit am Tisch sitzt. Geduldig und ruhig setzte sie die Suche fort und schritt ein Zimmer nach dem anderen ab.

Schließlich war das ganze Haus von oben bis unten durchsucht. Wir hatten niemanden gefunden. So gingen wir alle wieder hinunter, um ins Wohnzimmer zurückzukehren. Als wir dabei den Hausflur durchquerten, entdeckte die Liebe im hintersten Teil eine alte Tür, die fast völlig von einem großen schweren Schrank verstellt war und daher zuerst gar nicht gesehen worden war. Ich hatte schon längst vergessen, dass es diese Tür überhaupt noch gab.

»Wohin führt diese Tür?«, fragte mich die Liebe.

»Das ist die Tür zum Keller«, antwortete ich stockend und ein Gefühl der Beklemmung befiel mich. Ich hatte ganz vergessen, dass es im Haus ja auch noch einen Keller gab. Seit Ewigkeiten hatte ich ihn nicht mehr betreten. Schon war der Schrank weggerückt und die Liebe hatte ihre Hand auf die Türklinke gelegt, um sie zu öffnen. Da trat ich auf sie zu und legte meine Hand gegen das Türblatt.

»Wir sollten dort nicht hinuntergehen«, sagte ich leise und schaute die Liebe bittend an.

Die Liebe lächelte sanft und statt mir eine Antwort zu geben, führte sie meine Hand nur sachte zur Seite und drückte die Türklinke herunter.

»Bitte, wir sollten dort nicht hinuntergehen«, wiederholte ich schwach und schüttelte ängstlich den Kopf. Ich wusste plötzlich, dass dort unten etwas Schreckliches auf mich wartete.

»Du brauchst keine Angst zu haben«, sagte die Liebe, so, als wenn sie meine Gedanken erraten hätte. »Es wird dir dort unten nichts geschehen.«

»Bitte, ich will dort nicht hingehen«, bat ich erneut und schaute die Liebe flehentlich an.

Diese schüttelte nur ruhig den Kopf. Sanft legte sie ihre Hand auf meine Schulter.

»Du brauchst keine Angst zu haben«, wiederholte sie. »Ich werde dich bei der Hand nehmen und wir werden dort gemeinsam hinuntergehen. Es wird dir nichts geschehen. Ich werde die ganze Zeit bei dir sein.«

Schon war die Tür geöffnet und die Dunkelheit des Kellers klaffte uns wie ein schwarzes Loch entgegen. Von der Liebe an der Hand gehalten schritt ich auf zittrigen Beinen die Kellertreppe hinunter. Dicker Staub lag auf den Stufen. Die alten Holzdielen knarrten unter unseren Füßen, als wir langsam eine Stufe nach der anderen hinunterstiegen. Ich spürte, wie ich mit dem Gesicht Spinnfäden zerriss, die quer über der Treppe gesponnen waren. Je weiter wir nach unten gingen, desto weniger Licht drang von oben zu uns hinunter. Der Liebe schien es nichts auszumachen. Sicher schritt sie vorwärts. Endlich waren wir unten angekommen. Wir standen nun fast völlig im Dunkeln. Nichts war zu hören. Ohne Zögern schritt die Liebe vorwärts und zog mich sanft an ihrer Hand mit sich fort. Mir schien es, als wenn sie einer ganz bestimmten Ecke des Kellers zustrebte. Plötzlich drang von schräg oben ein dünner Lichtstrahl zu uns herunter. Irgendwo dort oben musste es ein kleines Kellerfenster geben, durch das nun ein wenig Tageslicht zu uns hinunterdrang. Und im gleichen Moment sah ich die Gestalt. Mir stockte der Atem. Vor mir auf dem Boden sass ein kleines Kind. Es hatte die Knie angezogen und seinen Kopf darauf abgelegt. Der Anblick war für mich kaum zu ertragen. Ich spürte wie die Liebe mich sanft an der Schulter berührte.

»Geh nur zu ihm hin. Es hat lange auf dich gewartet. Aber sei sehr behutsam. Es hat schon so lange keine Menschenseele mehr gesehen. Du darfst es nicht verschrecken.«

Ich schluckte und nickte nur mit dem Kopf. Ganz sachte näherte ich mich dem Kind und dann passierte das, vor dem ich mich am meisten gefürchtet hatte. Das Kind hob seinen Kopf und schaute mich an. Die Augen lagen tief und dunkel in den eingefallenen und viel zu großen Augenhöhlen. Der Blick war stumpf und leer. Das Kind schaute nur kurz zu mir auf. Es zeigte dabei keinerlei Regung. Teilnahmslos legte es den Kopf dann wieder auf seine Knie. Ich schämte mich unendlich und es zerriss mir das Herz.

»Schäme dich nicht«, hörte ich die sanfte ruhige Stimme der Liebe. »Es braucht dich. Geh nur zu ihm hin.«

Ich kniete mich neben dem Kind und schaute es an. Wieder hob es den Kopf und blickte mich erneut mit seinen glanzlosen Augen an. Langsam streckte ich ihm meine Hand entgegen und strich ihm sanft über den Hinterkopf. Auch jetzt zeigte das Kind keinerlei Regung. Teilnahmslos ließ es meine Berührung geschehen. Dann legte es seinen Kopf wieder auf den Knien ab. Sanft streichelte ich ihm weiter über den Kopf. Es rührte sich nicht. Es zerriss mir noch mehr das Herz. Ich nahm es sanft in meine Arme und wiegte es sachte hin und her.

»Ich lasse dich nicht mehr alleine«, flüsterte ich ihm ins Ohr. »Ich bin jetzt bei dir und ich lasse dich nicht mehr alleine. Ich werde dich zu mir nach oben nehmen. Du brauchst hier nicht mehr alleine im Keller sein.«

Ich wollte es gerade auf meinen Arm nehmen, da spürte ich den sanften Druck der Hand der Liebe auf meiner Schulter.

»Du kannst es nicht hinauftragen«, sagte die Liebe sanft zu mir. »Es muss von alleine nach oben kommen. Du würdest es sonst überfordern. Es war sehr lange hier unten. Lass ihm Zeit, bis es soweit ist und von alleine nach oben kommt.«

»Aber es ist doch schon so lange hier unten. Ich kann es doch jetzt nicht hier unten lassen.« Mir schnürte es die Kehle zu.

»Gerade deshalb musst du ihm Zeit lassen«, entgegnete die Liebe sanft. »Gehe jeden Tag hinunter zu ihm in den Keller. Lass die Tür oben auf, dass es sich an die Geräusche in dem Haus gewöhnen kann und an das Licht und die vielen Gäste, die du im Hause hast. Sprich mit ihm. Sag, dass du jetzt bei ihm bist. Umarme es und streichle es. Erzähle ihm Geschichten und singe ihm deine schönsten Lieder vor. So kann es sich an deine Gesellschaft gewöhnen. Und so kann es ganz allmählich lernen, Vertrauen zu dir zu bekommen. Dann rückt es eines Tages vielleicht ein Stückchen näher. Und wer weiß, vielleicht sitzt es dann irgendwann einmal auf der untersten Treppenstufe. Und vielleicht eines Tages schon auf der zweiten. Lass ihm die Zeit, die es benötigt, um zu dir hinaufzusteigen. Dränge es nicht.«

»Es ist doch schon so lange hier unten«, wiederholte ich verzweifelt.

»Es ist nicht wichtig, wie lange es dauert«, entgegnete die Liebe ruhig. »Die Ewigkeit hat sehr viel Zeit. Für heute ist genug. Lass uns nun nach oben gehen und deinen Geburtstag feiern. Wir werden einen Stuhl für das Kind an den Tisch stellen, damit es in unseren Gedanken und in unseren Herzen mit dabei ist.«

Ich nickte. Ich spürte, dass die Liebe recht hatte.

»Nenne das Kind nun noch bei seinem Namen, bevor du nach oben gehst«, gab mir die Liebe dann noch zum Auftrag.

Ich zögerte.

»Sollte ich es nicht lieber selber seinen Namen sagen lassen?« Ich blickte die Liebe unsicher an. Ich erinnerte mich, das ich ja einigen meiner Gäste irrtümlich einen falschen Namen gegeben hatte.

Die Liebe schüttelte den Kopf.

»Mit diesem Kind ist es anders. Es kennt seinen Namen nicht. Es hat nie sprechen gelernt. Nur du kannst es bei seinem Namen nennen.«

Und ich beugte mich zu dem Kind hinunter und nannte es bei seinem Namen. Dann strich ich ihm noch einmal sanft über das Haar. Wieder rührte sich das Kind nicht. Sachte nahm die Liebe meine Hand und gemeinsam stiegen wir wieder die Kellertreppe nach oben. Ich tat, wie mir die Liebe geheißen hatte und stellte einen Stuhl für das Kind an den Tisch. Dann feierten wir meinen Geburtstag.

Kopftanz

Kämpfe, krieche, weine, schreie,
brüh im eignen alten Saft.
Müh ich mich durch alte Breie,
nimmt es mir die Lebenskraft.

Mühsam ist des Tages Runde,
alles ist mir einerlei.
Schwarz und schwer ist mir die Stunde,
nichts was zu erstreben sei.

Doch der Tanz, der mich beschwingte,
die Musik, die mich verzückt,
's ist, als wenn die Sonn' mir winkte,
fühl mich plötzlich wie beglückt.

Walle, tanze, lache, singe,
alles ist so hell und weit.
Tauche ein in das Geschwinge
und vergesse Raum und Zeit.

Losgelassen, frei, unbändig
tanze ich in einem fort.
Fühl mich leicht, fühl mich lebendig,
fühl, als wär's ein and'rer Ort.

Doch der Ort ist unverändert,
alle steht am gleichen Platz.
Nichts hat sich um mich geändert,
alles gleich, kein Gold, kein Schatz.

Auch die Leute sind dieselben,
alle sind geblieben gleich.
Niemand hat sich hier verändert,
nur ich bin im neuen Reich.

Alles um mich ist beständig,
nur in mir ist's neu und weich.
Und es wird mir klar inwendig:
Nur in mir war's Totenreich.

Hört ihr mein Weinen in der Nacht

Hört ihr mein Weinen in der Nacht,
hört ihr mein sehnsuchtsvolles Rufen.
Hört ihr den Abgrund, wie er lacht,
und all die Geister, die ihn schufen.

Ich bin schon tot, obwohl ich atme,
ich bin schon fort, obgleich noch da.
Und an der Schwelle, an der ich warte,
noch niemals jemand vor mir war.

Die Leere tief mit ihren Krallen
mir fährt ins junge frische Fleisch.
Die Hände sich zu Fäuste ballen
vor Wut und Schmerz und Angst zugleich.

Fahl steht der Mond am dunklen Himmel,
die Schwärze listig mich umschleicht.
Ein böser Zauber im Gewimmel
der dunklen Mächte ihr entweicht.

Gefühllos kalt ist mir die Stirne,
noch kälter mein verwaistes Herz.
Die Brust verengt vom strengem Zwirne,
mein Totentanz erklingt im Terz.

Eng und verkrampft sind die Gedärme,
das Atmen fällt unendlich schwer.
Nichts, was mir schenkt ein bisschen Wärme,
nur Kälte, Angst und sonst nichts mehr.

Wo ist die Hand, die sacht und leise
sich legen mag auf meine Stirn?
Wo ist das Herz, das fühlend weise
mich sanft umschließt, mich mag entwirr'n?

Doch fort, dies unnütz elend Sehnen!
Ihr seid nur quälend Geist, Gespinst.
Wie tröstlich, wenn du, mein Herze,
mit deinem Fühlen mir entrinnst.

Wenn ich nichts fühl, so ist's am besten,
so rettet mich die Starre mein.
Sie hält mich sanft in ihren Netzen,
ich muss nur ganz gestorben sein.

Verzückt lausch ich der rettend Stumpfheit,
erstickt und starr ist nun das Herz.
Getragen von der eignen Dumpfheit
fühl ich nichts mehr, gar keinen Schmerz.

Die Starre sanft sich um mich ranket
wie gütige Dämonen gleich.
Seid alle mir dafür bedanket,
so bin ich nicht verloren gleich.

Die Sinne sind nun kahl geschoren,
kann fallen in den schweren Schlaf,
verschlossen sind nun alle Poren,
zum Weinen ist nun kein Bedarf.

Der Schlaf ist stumm, kein quälend Bohren
drängt sich in meine Seele ein.
Nichts kommt mir mehr zu meinen Ohren,
das Herz ist leer, zu End die Pein.

Nein, nein, mein Kind, sei nur ganz stille,
verstehst noch nichts von dieser Welt.
Verstehst noch nicht, was Gottes Wille,
verstehst noch nicht, was wirklich zählt.

Hör auf dein sinnlos kindisch Klagen,
dräng dich nicht vor in unsre Welt.
Weißt nicht, welch großes Unbehagen
uns Großen sich entgegenstellt.

Drum hurtig ab ins kleine Bettchen,
schließ fest die Kindertüre zu,
dass wir nicht seh'n, wie deine Bäckchen
sich röten von den Tränchen nur.

Wart' bis du wirst erwachsen,
dann wirst du seh'n, was wirklich Leid,
wirst schämen dich für deine Faxen,
die machtest du zur Kinderzeit.

Wirst sehen, dass es nur Kindereien
und unnötig die Sorgen,
wirst schämen dich für dein kindlich Schreien
und dass du zur Last uns geworden.

Nun seh ich's klar und deutlich,
mein Klagen hätt' nicht müssen sein,
war bloß ein dummes kleines Kindlein,
wollt' nachts nur nicht alleine sein.

So stehe ich heute als Reifer,
belächle die eigene Art,
belächle den kindlichen Eifer,
bin heute davor nun bewahrt.

Nur manchmal in den Nächten,
da träum ich diesen Traum,
s'ist, als wenn frühere Zeiten
mich halten in ihren Zaum.

Dann hör ich diese Worte,
die ich dann sagen tu,
s'ist, als wenn ich einem Kinde,
einem Kindlein höre zu.

Es ruft mich in den Nächten,
es zeigt mir seine Pein,
ich wünscht', es wär nicht bei mir,
es würd' woanders sein.

Hör ich das Weinen in der Nacht,
hör ich das sehnsuchtsvolle Rufen.
Hör ich den Abgrund, wie er lacht,
und all die Toten, die mich rufen.

Die Tür

In dem Ort, in dem ich aufgewachsen bin, wurde in meinen Kindertagen einst eine wundersame Geschichte erzählt. Irgendwo auf dieser Welt gäbe es ein Haus, in dem unendliche Reichtümer lagern. Seit Urzeiten hätten sich unzählige Menschen auf den Weg gemacht, um dieses Haus zu finden. Es mussten unermessliche Strapazen durchstanden werden, bis man zu diesem Haus gelangen konnte. Weite Wüsten mussten durchquert, gewaltige schneebedeckte Berge bezwungen und mächtige Flüsse überwunden werden. Wenn man dies alles überstanden und das Haus endlich gefunden hatte, stand man vor noch größeren Herausforderungen. Das Haus war von einem tiefen Wassergraben umgeben, in dem heimtückische Schlingpflanzen auf ihre Opfer warteten. Hatten man diesen tödlichen Graben lebend überwunden, so galt es, den dahinterliegenden noch schwierigeren Teil zu durchqueren. Ein von dichten Nebelschwaden umhülltes Gelände aus sumpfigen Morast und dornigem Gestrüpp musste passiert werden. In ihm lauerten arglistige Schlammlöcher und dunkle Moorfelder, die ihre Opfer, wenn sie auch nur einen falschen Schritt taten, unerbittlich zu sich in die Tiefe zogen. Hatte man endlich auch diese Prüfung bestanden, so galt es, die letzte aller Herausforderungen zu überwinden. Das Haus hatte nur einen einzigen Eingang. Eine schwere Eichentür mit einem großen schmiedeeisernen Schloss versperrte den Zugang zu den unermesslichen Reichtümern im Inneren. Und nur der, der den passenden Schlüssel dazu hat, kann das Haus betreten und aus seinen riesigen Reichtümern schöpfen. Das war nun alles schon so lange her, dass sich selbst die alten Leute im Dorf nicht mehr daran erinnern konnten, ob es je einer geschafft hatte, dieses Haus zu erreichen.

Als ich älter wurde, erzählte man diese Geschichte nicht mehr im Dorf. Aber ich hatte sie nicht vergessen. Sie ließ mich nicht los. Als ich alt genug war, machte ich mich heimlich auf den Weg. Ich erzählte niemandem etwas davon, denn sie hätten mir alle doch nur von meinem Vorhaben abgeraten. Ich hatte zugegebenermaßen große Angst. Meine Neugierde und die Hoffnung auf unermessliche Reichtümer aber waren größer als meine Furcht vor dem, was auf mich wartete. So zog ich eines Tages heimlich fort und machte mich auf die Suche. Ich durchquerte riesige Waldgebiete, wanderte über weite Wiesen und ausgedehnte Auen. Mal ging es bergauf, mal bergab. Abends legte ich mich müde vom vielen Wandern unter einen alten Baum auf weiche moosbedeckte Erde. Stets schlief ich sofort ein und ein tiefer ruhiger Schlaf ließ mich erfrischt am nächsten Morgen erwachen. Ich trank aus frischen Bächen, die an meinem Wegesrand sprudelten und ich aß die unzähligen Früchte, die überall an den Sträuchern und Bäumen hingen oder aus der Erde wuchsen und von mir nur gepflückt werden mussten.

Nachdem ich mehrere Wochen so gewandert war, breitete sich vor mir ein weites fruchtbares Tal aus. In der Mitte des Tales entdeckte ich ein kleines Haus. Mir pochte vor Aufregung das Herz im ganzen Leibe. Das musste das wundersame Haus sein, von dem in meinem Dorf erzählt worden war. Vorsichtig näherte ich mich ihm, denn ich erinnerte die Gefahren, die mir in der alten Geschichte erzählt worden waren. Als ich näher kam, entdeckte ich aber nur einen wunderschönen Garten, der das ganze Haus umgab. Üppige Rhododendron-Sträucher und unzählige Rosenstauden erblühten in den herrlichsten Farben. Weißer Flieder und violett leuchtender Lavendel breiteten sich am Wegesrand aus und verströmten freigiebig ihre betörenden Düfte. Blau blühende Hortensien mit ihren üppigen Blütenköpfen eiferten mit dem strahlenden Gelb des Ginsters und dem im tiefsatten Rot leuchtenden Klatschmohn um die Gunst des Betrachters. Überall duftete und blühte es und ein warmer Sommerwind streichelte sanft die Haut und erfrischte die Sinne. Nichts war von einem tiefen Wassergraben mit Schrecken verbreitenden Schlingpflanzen zu sehen, geschweige denn von einem Sumpf, der mit seinem tödlichen Schlamm den Unwissenden in die Tiefe reißt. Gebannt schaute ich auf den Garten und das in seiner Mitte stehende Haus. Es war nicht sehr groß, wahrscheinlich waren nur vier oder fünf Zimmer darin. Auf den Fensterbänken standen Blumenkästen mit den verschiedensten Blumen, die in den herrlichsten Farben blühten, in Gelb und Blau, in Rot und Lila, in Weiß und Rosé. Alles sah freundlich und einladend aus. Ich wurde misstrauisch. Sollte ich einem Trugbild erlegen sein? Ich schüttelte den Kopf. Nichts von dem, was die Alten in dem Dorf über dieses Haus erzählt hatten, war eingetroffen. Keine eisigen Berge zu überwinden, kein mächtiger Fluss, keine unendlichen Wüsten. Die Wanderung war anstrengend gewesen, gewiß, aber das war schließlich jede Wanderung und das Land, durch das ich gewandert war, war freundlich zu mir gewesen. Es hatte mir reichlich Nahrung am Wegesrand bereitgestellt und in der Nacht habe ich mich auf seine weiche Erde gebettet und beschützt von seinen Bäumen wurde mir ein tiefer erholsamer Schlaf geschenkt. Ich überlegte. War es am Ende vielleicht gar nicht das Haus, das ich suchte? Vielleicht wohnte hier ja irgendjemand und wenn ja, dann könnte mir sein Bewohner vielleicht etwas von dem Haus erzählen, das ich suche.

»Hallo!«, rief ich horchend in Richtung des Hauses. »Ist da jemand?«

Nichts rührte sich. Langsam schritt ich über den säuberlich gekehrten Kiesweg auf das Haus zu. Als ich die Eingangstür erblickte, stockte mir der Atem. Es war eine schwere Eichentür und unter der Türklinke war ein großes schmiedeeisernes Schloss angebracht. Der Schlüssel fehlte. Ich blickte mich um. Unmittelbar am Haus entlang führte ein schmaler Weg, von dem aus man das ganze Haus bequem umrunden konnte. Ich betrat den Weg und schaute vorsichtig durch das erste Fenster. Der Raum, in den ich hineinsehen konnte, war hell erleuchtet, so dass ich alles gut erkennen konnte, was sich darin befand. Mein Herz tat einen Freudensprung. Ich sah einen riesigen Berg aus Gold und Edelsteinen. Auf großen silbernen Schalen lagen die wundervollsten

Schmuckstücke, kunstvoll verarbeitete Halsketten, goldene Haarspangen und edle Armreife, die schönsten Ringe und Broschen. Ich ging weiter und schaute durch das nächste Fenster in den zweiten Raum. Dort quollen aus großen Truhen die feinsten Stoffe und Tücher hervor. Ich sah herrlich verarbeitete Kleider aus Seide, die mit goldenen Fäden durchwoben waren. Daneben lagen edle Tischdecken aus schwerem Damast und purpurfarbene Gewänder aus feinstem Samt. Mein Herz klopfte vor freudiger Erregung, als ich weiterging und durch das nächste Fenster schaute. In diesem Raum war edles Porzellan aufgebahrt. Unzählige Teller und Schüsseln, alle mit einem goldenen Rand versehen, waren säuberlich übereinander gestapelt. Silberne Messer und Löffel lagen daneben. Goldene Becher und kristallene Weingläser warteten darauf, mit den erlesensten Getränken gefüllt zu werden. Üppige Kronleuchter hingen an den Decken und silberne Kerzenleuchter erstrahlten mit sanft brennenden Kerzen auf allen Tischen. Herrliche Kunstwerke aus Elfenbein, Gold und Silber reihten sich auf den Regalen an den Wänden. Die Möbel waren aus den edelsten Hölzern gefertigt: Tische aus feinstem Mahagoni, Schränke aus rötlich schimmerndem Kirschbaum und kunstvoll verarbeitete Stühle aus Palisander und tiefschwarzem Ebenholz. Als ich das vierte und letzte Fenster erreichte, lief mir das Wasser förmlich im Munde zusammen. In diesem Raum waren die köstlichsten Speisen angerichtet. Frisch gebackenes Brot dampfte vor sich hin, knusprig gebratenes Wildbret lag raffiniert angerichtet auf großen goldumrandeten Schalen. Daneben lagen gekochte Forellen in einem Bett aus zartem Dill und goldgelben Zitronenscheiben. Auf dem Nachbartisch dampfte gedünstetes Gemüse. Reis, Nudeln und Kartoffeln standen fertig gekocht daneben, Salate in großen gläsernen Schüsseln waren frisch zubereitet, die leckersten Süßspeisen, Pudding und Kuchen schlossen sich an. In großen Eichenfässern lagerten die edelsten Weine, die nur darauf warteten, getrunken zu werden. Aus der Wand sprudelte unaufhörlich frisches Quellwasser, das in einem großen Marmor-Becken aufgefangen wurde und emsig auf unsichtbaren Wegen davonrann. Ich atmete tief durch. Was für Herrlichkeiten, die ich da sah, welche Vielfalt, welche Fülle, welche Pracht. Ja, es war das Haus. Und alles gehörte nun mir. Da ich das Haus nun umrundet hatte, stand ich wieder vor der Eingangstüre. Langsam legte ich meine Hand auf die Klinke und drückte sie herunter. Die Tür war verschlossen. Ich drückte stärker gegen die Tür. Sie klemmte vielleicht nur ein wenig. Vermutlich war sie ja viele Jahre nicht geöffnet worden. Die Tür rührte sich aber nicht. Ich stemmte mich mit meiner Schulter dagegen, schließlich warf ich mich mit meinem ganzen Gewicht gegen die Tür, aber sie ließ sich nicht öffnen. So sehr ich mich auch dagegen stemmte, sie bewegte sich keinen Millimeter. Ich schaute mir das Schloss an. Es war aus schwerem Eisen geschmiedet. Man sah, dass lange kein Schlüssel darin gesteckt hatte. Ich schaute mich um, ob nicht irgendwo ein Schlüssel zu finden sei, aber so sehr ich auch suchte, ich konnte keinen entdecken. Es half also nichts, ich musste mit roher Gewalt an die Sache. Ich brauchte Werkzeug, das meine eigene Kraft verstärkte. Ich blickte mich um, ob denn nicht etwas Geeignetes zu finden sei. Da sah ich im Garten eine kleine Bank. Auf dieser lag eine Brechstange. Freudig überrascht ergriff ich sie und machte mich damit an der Tür zu schaffen. Ich setzte zuerst am Türblatt an und versuchte die Tür auszuheben. Aber so sehr ich mich auch bemühte und meine ganze Kraft einsetzte, es tat sich nichts. Schließlich probierte ich, ob ich mit der Eisenstange nicht das Schloss herausbrechen konnte. Aber so sehr ich mich auch hier bemühte, außer ein paar Kratzern, die ich dem Beschlag beibrachte, erreichte ich nichts. Ich versuchte es weiter. Ich stemmte mich mit meiner ganzen Kraft gegen die Tür, ich versuchte mit einem Ende der Eisenstange in das Schloss zu gelangen, um es aufzubiegen. Ich trat gegen die Tür, ich schlug auf die Tür ein. Es brachte alles nichts. Erschöpft und außer Atem stand ich schließlich mit gesenkten Schultern vor der Türe. Wie konnte das sein? Alles war bisher so einfach gewesen, keine große Schwierigkeit zu dem Haus zu gelangen und jetzt sollte es an dieser einen Tür scheitern, dass ich nicht in das Innere und zu den herrlichen Reichtümern gelangen konnte? Das konnte doch nicht sein. Da fiel mir ein, dass es ja auch noch die Fenster gab. Ich lachte kurz auf. Ja, natürlich. Warum schlug ich sie nicht einfach ein? Wo steht denn geschrieben, dass ich durch die Tür in das Haus gelangen musste? Also ging ich zu dem ersten Fenster und schlug mit der Brechstange in das Glas. Mein Schlag wurde abgefedert. Erstaunt schaute ich auf das Fenster, das Glas war unversehrt geblieben. Nicht einmal ein Kratzer war zu erkennen. Ich schlug erneut zu. Das Glas zerbrach wieder nicht. Ich nahm alle meine Kraft zusammen und schlug so fest zu wie ich nur konnte. Doch das Glas wollte einfach nicht zerbrechen. Ich versuche nun das Fenster aufzuhebeln. Aber auch das blieb ohne Erfolg. Schließlich stand ich völlig erschöpft vor dem Fenster. Ich konnte es einfach nicht begreifen. Wieso konnte das Glas meinen Schlägen widerstehen? Wieso zerbrach es nicht? Ich ging zum nächsten Fenster und schlug mit aller Gewalt auf die Scheibe ein. Aber auch dieses Fenster widerstand all meinen Versuchen, es zu öffnen. Erschöpft setzte ich mich schließlich auf die kleine Bank, die im Garten stand. Die Blumen blühten nach wie vor und der gleiche betörend süße Duft lag in der Luft.

'Vielleicht muss ich mich nur ein wenig ausruhen', dachte ich bei mir. Schließlich war ich ja den ganzen Tag gewandert. Morgen würde vielleicht alles ganz anders aussehen. Mittlerweile war ich auch durstig und hungrig geworden. Ich schaute mich um, ob nicht irgendwo etwas Essbares zu finden sei oder ein kleines Bächlein fließen würde, das mir den Durst stillen mochte. Aber so viel ich auch Ausschau hielt, so war nichts dergleichen zu entdecken. Müde und frustriert streckte ich mich auf der kleinen Bank aus. Schon bald schlief ich erschöpft und hungrig auf ihr ein.

Als ich erwachte, war es schon heller Tag. Trotz Hunger und Durst, die sich beide nun noch stärker meldeten, fühlte ich mich frisch und ausgeruht. Voll neuem Tatendrang und frischen Mutes schritt ich wieder auf die Türe zu. Ich nahm die Brechstange wieder in die Hand und versuchte erneut, die Tür aufzubrechen. Doch was ich auch versuchte, das Ergebnis blieb das gleiche wie am Vortag. Die Tür bewegte sich nicht. Außer kleineren Kratzern und Absplitterungen erreichte ich nichts. Ich überlegte. Ich hatte es gestern ja erst an zwei Fenstern versucht. Mit aller Gewalt schlug ich auf das dritte Fenster ein. Wie bei den beiden anderen war nicht einmal ein Kratzer auf dem Glas zu sehen. Und auch der Fensterrahmen ließ sich nicht öffnen. Schwer atmend machte ich mich nun an dem vierten und letzten Fenster zu schaffen. Doch egal, was ich auch hier versuchte, mit welcher Kraft ich auch auf die Scheibe einschlug oder den Fensterrahmen bearbeitete, es rührte sich nichts, kein Kratzer, keine Delle, kein absplitterndes Holz. Meine Verzweiflung wuchs. An diesem Fenster wogen meine erfolglosen Versuche am schwersten. Denn hinter diesem warteten ja die köstlichsten Speisen und Leckerbissen. Der Anblick des frisch sprudelnden Quellwassers und des dampfenden Brotes ließ mir das Wasser förmlich im Munde zusammenlaufen.

'Vielleicht war es nicht gut, meine Kräfte an allen Fenstern und der Tür zu erschöpfen', dachte ich bei mir. Die Fenster zeigten ja nicht einmal die geringste Spur meiner Bemühungen. Wenigstens an der Türe konnte man an den Kratzern und Schlieren erkennen, dass ich mich an ihr versucht hatte. Vielleicht war es doch wohl besser, meine Kräfte auf die Tür zu konzentrieren. Wahrscheinlich konnte man ja wirklich nur durch die Türe ins Haus gelangen. Außerdem war mit der Anblick der unerreichbaren Reichtümer hinter den Fenstern immer unerträglicher geworden. So versuchte ich irgendwie die Türe aufzubrechen, um endlich an all die Fülle und an all die Reichtümer zu gelangen, die dort drinnen für mich bereitlagen und nur darauf warteten, von mir in Besitz genommen zu werden.

Die Tage und Wochen vergingen. Ich ernährte mich dürftig von ein paar kümmerlichen Wurzeln, die meinen Magen ein wenig füllten. Und aus den Pfützen, die der Regen der letzten Nacht übrig gelassen hatte, oder aus dem Morgentau der Blätter stillte ich meinen ärgsten Durst. Mit der Türe kam ich keinen Schritt weiter. Das abgesplitterte Holz schien über Nacht nachzuwachsen, denn so sehr ich mich auch bemühte, die entsprechenden Stellen zu vertiefen, so hatten sie am nächsten Morgen wieder die gleiche Stärke wie am Tag zuvor. Die Tür und mit ihr das ganze Haus schien verflucht zu sein. Vielleicht waren die ganzen Reichtümer ja auch gar nicht für mich bestimmt. Es war doch auch viel zu einfach gewesen, hier hin zu gelangen. Vielleicht war alles nur ein böser Traum, ein Trugbild, das mir etwas vorgaukelt, was in Wirklichkeit gar nicht da ist oder niemals zu erreichen ist. Und doch, wenn mich die Neugierde doch wieder übermannte und ich durch die Fenster schaute und all den Reichtum und die unendliche Fülle erblickte, dann loderte ein unsagbares Verlangen nach dieser Fülle in mir auf, dies alles doch endlich mein Eigen nennen zu können. Vor meinem geistigen Auge sah ich mich dann langsam von Raum zu Raum schreiten, wie ich je nach Belieben mal dieses und mal jenes ergreife und mich an der Fülle und an der unermesslichen Schönheit der Dinge erquicke.

Nach vielen Monaten war ich so erschöpft, dass es mich sehr viel Kraft kostete, morgens das Brecheisen überhaupt in die Hand zu nehmen und mich an der Tür zu schaffen zu machen. Eines Tages war ich bereits am frühen Vormittag schon so erschöpft, dass ich mich auf der kleinen Bank niederließ, um ein wenig zu Kräften zu kommen. Mein Körper war mittlerweile ziemlich ausgezehrt. Das wenige Essbare, das ich fand, stillte nicht wirklich den Hunger und die Zunge klebte mir unerträglich am Gaumen. Es war ein mühsames Leben im Angesicht der größten Fülle. Ich musste halb verdurstet und verhungert ausharren, obgleich unermesslicher Reichtum zum Greifen nahe lag. Warum ging ich nicht einfach fort von diesem verwunschenen Haus? Warum verließ ich nicht einfach diesen Ort, der mich unendlich quält, indem er mir Fülle verspricht und sie mir doch nicht gewährt? Wie ich so dasaß und versuchte, meine Gedanken zu ordnen und ein wenig wieder zu Kräften zu kommen, erblickte ich in der Ferne eine Gestalt, die sich dem Haus näherte. Mir wurde unbehaglich zumute. Sollte mir jemand meinen Reichtum streitig machen wollen? Misstrauisch blickte ich der Gestalt entgegen, die sich dem Haus langsam, aber unaufhörlich näherte. Schließlich erkannte ich einen alten Mann, der mir schon von weitem freundlich lächelnd zuwinkte. Etwas erleichtert wartete ich, bis er schließlich den kleinen Garten erreicht hatte. Er schien harmlos zu sein.

»Guten Tag«, grüßte er mich freundlich. »Darf ich mich etwas bei dir ausruhen?«

Ich war immer noch etwas misstrauisch, aber ich wollte auch nicht unhöflich sein und so bot ich ihm einen Platz neben mir auf der Bank an.

Er bedankte sich und öffnete dann den Korb, den er bei sich trug.

»Darf ich dich zum Essen einladen?«, fragte er mich freundlich.

Mit gingen die Augen über, als ich sah, welche Köstlichkeiten er da aus seinem Korb hervorholte. Frisch gebackenes Brot, das noch warm war und herrlich duftete, rotwangige Äpfel und goldgelbe Birnen, gekochte Kartoffeln, auf die er köstliches Salz streute und eine große Flasche mit frischem Quellwasser. In einem mitgebrachten Becher goss er reichlich davon ein und reichte ihn mir dann freundlich lächelnd hinüber. Gierig trank ich den Becher bis auf den Grund auf und ohne ein Wort schenkte mir der alte Mann nach, bis mein Durst endlich gestillt war.

»Greif nur zu!«, forderte er mich freundlich auf und reichte mir die Äpfel und die Birnen, die er mittlerweile in Viertel geschnitten hatte. Dann bot er mir die mit Salz bestreuten Kartoffeln an, die köstlich schmeckten und die ich ebenso gierig verschlang. Schließlich öffnete er noch eine Flasche Wein und bot mir dazu noch ein großes Stück von dem frisch gebackenen Brot an. Es schmeckte alles herrlich. Wohlig gesättigt lehnte ich mich auf der Bank zurück. Ich bekam ein schlechtes Gewissen, weil ich dem alten Mann so misstrauisch begegnet war. Ob er etwas davon bemerkt hatte? Etwas verstohlen schaute ich ihn von der Seite an. Er aß genüsslich an seinem Brot und trank ruhig seinen Wein dazu. Er zeigte keine Spur von Unbehagen oder Ärger mir gegenüber.

»Ich danke dir«, sagte er da zu mir, »dass du mich so freundlich aufgenommen hast und mich hier auf deiner Bank hast ausruhen lassen.«

Etwas beschämt schaute ich zu ihm hinüber.

»Ich bitte dich«, sagte ich zu ihm, »ich bin diejenige, die dir zu danken hat. Ich habe großen Hunger und Durst gehabt und du hast mich so reichlich mit deinen Gaben beschenkt.«

»Das habe ich gerne getan«, sagte der alte Mann und packte seine Sachen wieder ein. Ich wunderte mich, als ich sah, dass er einen ganzen Laib Brot einpackte und auch der Wein war unversehrt und bis zum Flaschenhals gefüllt, obwohl wir doch beide einen guten Becher davon getrunken und jeder ein gutes Stück von dem Brot gegessen hatten. Auch die Äpfel und Birnen packte er wieder vollständig ein. Sie waren wieder ganze Früchte und es waren genauso viele, wie er vorher ausgepackt hatte. Verwundert schaute ich ihn an. Da lachte er und sagte:

»Du wunderst dich, dass mein Essen und Trinken nicht geringer geworden ist, nicht wahr?«

Ich nickte bloß.

»Nun«, sagte er, »ich habe ein Haus gefunden, in dem es unermessliche Reichtümer gibt und eine unendliche Fülle. Und das Wunderbare an diesem Haus ist, egal wie viel ich aus der Fülle schöpfe oder wie viel ich von dem Reichtum nehme, sie werden nicht geringer, sondern erneuern sich immer wieder auf wunderbare Weise.« Er nahm einen tiefen Atemzug und schaute mich an.

Die Kehle hatte sich mir zugeschnürt, während ich ihm zugehört hatte.

»Ich sitze auch hier vor so einem Haus«, begann ich langsam. »In ihm ist eine unendliche Fülle und ein unermesslicher Reichtum. Seit Monaten harre ich hier aus und versuche hineinzukommen. Aber die Tür ist fest verschlossen und unüberwindbar. Ich muss im Angesicht der Fülle darben. Unendlicher Hunger und Durst quälen mich und ich kann sie nicht stillen, obgleich die Fülle zum Greifen nah ist.« Müde und frustriert senkte ich den Kopf.

»Meine Tür in meinem Haus ging ganz leicht auf«, sagte da der alte Mann.

Ich schüttelte den Kopf.

»Meine Tür ist aus dicken Eichenbalken gefertigt und ein schweres schmiedeeisernes Schloss ist daran angebracht. Ich habe keinen Schlüssel dafür und ich mühe mich schon seit Monaten, die Tür aufzustemmen und es will mir einfach nicht gelingen.« Niedergeschlagen senkte ich erneut den Blick und schaute traurig zu Boden.

»Merkwürdig«, sagte da der alte Mann und strich sich mit der einen Hand über sein Kinn, »meine Tür sah genauso aus. Sie war aus dicken Eichenbalken gefertigt und darunter auch ein schweres schmiedeeisernes Schloss, aber sie war nicht verschlossen. Ich konnte sie ganz leicht öffnen.«

»Meine Tür ist eben anders«, entgegnete ich und ich bemerkte den bitteren Unterton in meiner Stimme.

»Zeig sie mir mal«, sagte der alte Mann.

Müde erhob ich mich und zeigte ihm die schwere Eingangstür mit dem schmiedeeisernen Schloss. Der alte Mann ergriff ohne Zögern die Türklinke und öffnete die Tür zu sich hin nach außen. Mit offenem Mund starrte ich auf die halb geöffnete Tür und dann auf den alten Mann. Ich hatte immer versucht, die Tür nach innen hin zu öffnen. Ich bin nie auf die Idee gekommen, die Tür nach außen zu mir hin zu öffnen. Der alte Mann lächelte.

»Die Türen zur Fülle des Lebens«, sagte er, »öffnen sich immer nur zu dir selbst hin, niemals von dir weg. Sie gehen immer nur nach innen auf. Und innen ist immer da, wo es zu dir hin geht.«

Er lächelte noch einmal, nahm dann seinen Korb und verabschiedete sich freundlich von mir. Ich schaute ihm verwundert nach. Bald schon war er hinter der nächsten Wegbiegung verschwunden. Dann wandte ich mich der Türe zu und schaute ungläubig auf den geöffneten Spalt. Das Herz fing mir zu pochen an und aufgeregt öffnete ich die Tür ganz, sodass ich in das Haus eintreten konnte. Ich schloss die Tür hinter mir und befand mich nun in dem Korridor des Hauses, von dem aus die vier Türen zu den einzelnen Zimmern abgingen. Ich öffnete die Tür zum ersten Zimmer. Ungläubig schaute ich auf all das Gold und Silber und all die Edelsteine. Ich ließ einige Schmuckstücke durch meine Finger gleiten und genoss die kühle glatte Oberfläche in meinen Händen. Ich ging zum nächsten Zimmer. Meine Hände strichen über die feinen Tücher und Stoffe und mein Herz pochte wild vor Aufregung. Im dritten Zimmer erfreute sich mein Auge an den vielen schönen Dingen und an den herrlichen Kostbarkeiten, die hier aufgereiht waren. Aufgeregt ging ich ins vierte Zimmer. Der herrliche Geruch von gebratenem Fleisch und gedünstetem Gemüse, von frisch gebackenem Brot und küh-

lem Quellwasser schlug mir entgegen und über-
strömte meine Sinne. Welch eine Wonne. Hier
und da kostete ich ein wenig davon. Da ich aber
von dem Mahl mit dem alten Mann noch gut gesättigt war, ging ich schon bald wieder zufrieden
hinaus. Als ich wieder im Korridor stand und die
Haustüre nach außen hin öffnen wollte, fand ich
sie verschlossen. So sehr ich auch an der Türklinke rüttelte und drückte, sie bewegte sich nicht.
Panik ergriff mich. Wie konnte das sein? Ich hatte sie doch nach außen hin geöffnet. Ich wollte
doch nach draußen und mich auf der kleinen
Bank ausruhen und die Abendsonne und den
Duft der Blumen im Garten genießen. Was nutzte
mir der ganze Reichtum hier? Verhungern würde
ich hier zwar nicht, aber ich wollte doch den Rest
meines Lebens nicht hier eingeschlossen im Haus
verbringen. Ich wollte doch an die frische Luft
und die Natur draußen genießen. Ich warf mich
verzweifelt gegen die Tür. Sie ließ sich nicht öffnen. Was für eine grausige Wendung. Hier drinnen hatte ich noch nicht einmal Werkzeug. Die
Brechstange lag ja draußen im Garten. Mit Gold
und Edelsteinen konnte ich die Tür nicht öffnen.
Was war das für ein verfluchtes Haus. Erst lässt es
mich nicht hinein und nun nicht mehr hinaus.
Verzweifelt sackte ich vor der Tür zusammen und

fing bitterlich zu weinen an. Draußen hatte ich darben müssen, aber dort hatte ich wenigstens frische Luft und ich konnte mich an den warmen Sonnenstrahlen und dem Duft der Blumen erfreuen. Hier drinnen hatte ich unermesslichen Reichtum, aber ich war eingeschlossen und abgeschnitten von der Außenwelt, kein Fenster zum Öffnen, um frische Luft hereinzulassen, keine Menschenseele, mit der ich hier in Kontakt treten konnte. Unaufhörlich rollten meine Tränen. Was für ein schrecklicher Tausch. Wie schön war es doch da draußen mit dem alten Mann gewesen. Sich mit ihm zu unterhalten und gemeinsam mit ihm das Mahl zu teilen. Und mir kam in den Sinn, wie wir beide vor meiner Türe standen und wie er sie so leicht geöffnet hatte und dazu sagte:

'Die Türen zur Fülle des Lebens lassen sich immer nur zu dir hin öffnen.'

Erneut schluchzte ich auf. Dann stutzte ich. Was hatte er gesagt? Ich wiederholte laut für mich seine Worte:

»Die Türen zur Fülle des Lebens lassen sich immer nur zu dir hin öffnen.«

Das Herz fing in mir zu klopfen an. Ich stand auf und mit zittriger Hand griff ich nach der Türklinke. Ich drückte sie herunter und zog die Tür zu mir hin. Die Tür drehte sich leicht in ihren

Angeln. Sie ließ sich ohne jeden Widerstand mühelos öffnen und das Licht der Abendsonne drang hell und strahlend in den Korridor. Ich trat hinaus und ließ mich auf der kleinen Bank im Garten nieder. Freudentränen rannen mir über das Gesicht. Ich genoss die wärmenden Strahlen der untergehenden Sonne. Sanft sog ich den süßen Duft der Blumen und die frische Abendluft in mich ein. Glücklich genoss ich diesen Augenblick, in dem Wissen, jederzeit in mein Haus hineintreten und aus seiner Fülle und seinem Reichtum schöpfen und nach Belieben wieder hinaustreten zu können. Solange ich mich daran erinnere, die Türen immer zu mir hin zu öffnen. Und ich blieb noch solange auf meiner Bank sitzen, bis die letzen Sonnenstrahlen sanft leuchtend hinter dem Horizont verschwanden.

Vielfalt

Bunte Vielfalt voll und voller,
reckt sich, dehnt sich strömend aus,
will das Lebensrund umschließen,
alles wird zum Augenschmaus.

Seh ich in der Seele Tiefe
schlummernd all die Gaben reich,
seh ich wie das Leben leuchtet,
fühl es einem Füllhorn gleich.

Schmerz und Tränen, Trauer, Leid,
was für wunderbare Sachen,
erst wenn sie alleine stehen,
sie das Leben schwer uns machen.

Freude, Leichtigkeit und Lachen
bringen uns ins rechte Lot,
lassen unsre Flügel wachsen
und ein Ende hat die Not.

Wenn sich Freud und Schmerz ergänzen,
wenn wir all die Fülle spür'n,
wenn wir schwingen auf und nieder,
uns der Frieden kann berühr'n.

Ode an die Hüfte

Du wunderbarer Dreh- und Angelpunkt,
durch dich erst gibt's ein Oben und ein Unten.
Du teilst den Körper in zwei Hälften und gibst
ihm doch die Einheit.

Du Basis meiner Aufrichtung,
trägst wunderbar die Wirbelsäule mein. Erst du
schenkst mir mein Rückgrat, durch dich erst werde ich zum Menschen.

Du bist der Anfang meiner Füße,
bist Quell von Steh'n und Sitzen, von Laufen,
Rennen, Geh'n. Wie wunderbar sind deine Kno-
chen angeordnet, wie herrlich tun deine Sehnen
und deine Muskeln ihren Dienst. Erst deine Ge-
lenke schenken mir meine Beweglichkeit.

Du Ursprung meines Lebens,
durch dich führte mein Weg, als ich das Licht dieser Welt erblickte und durch dich wird einst der
letzte Hauch meiner Seele gehen.

Du Sitz und Hüterin meiner Mitte,
wie wunderbar du mich mit dieser Welt verbin-
dest. Du erdest mich gar herrlich, lässt mich das
ganze Universum spür'n.

Du Beschützerin meiner Gedärme,
du entrümpelst meinen Körper von Resten der
Verdauung. Du birgst das Hirn, das vor dem
Denken war.

Du Schmetterling in meiner Mitte,
du bist der Ort meiner sinnlichen Ekstase. Du
schenkst mir den Anblick knackiger Männerär-
sche, wie wunderbar, dass es dich gibt.

Du herrliche Hüterin meiner Fruchtbarkeit,
du wundersamer Ursprung meiner Weiblichkeit,
was tät' ich ohne dich. Undenkbar, dass du fehlst.
Mein Herz ist ganz bei dir. So spüre meine Liebe,
die zärtlich dich umfasst.

Und ehrfurchtsvoll verbeug ich mich vor deinem
unschätzbaren Wert und dank dem Universum
für das Geschenk, das du mir bist.

So huld'ge ich die Kraft, die dich ersann und dank
dir inniglich für deine wunderbaren Dienste, die
du mir tust.

Der Himmelsstürmer

Vor langer Zeit in einem Land, dessen Namen heute niemand mehr kennt, lebte einst eine arme Bauernfamilie. Sie waren so arm, dass sie manchmal am Morgen nicht wussten, was sie am Abend essen sollten. Der Vater war ein fleißiger redlicher Mann, der dem kargen Boden auf seinem kleinen Stückchen Land, das er sein Eigen nennen konnte, das wenige abtrotzte, von dem er seine Familie zu ernähren suchte. Die Bäuerin, eine gesunde und kräftige Frau, half ihrem Mann so gut sie konnte. Aus dem wenigen, das auf den Tisch kam, gelang es ihr zumeist doch noch ein einigermaßen schmackhaftes Essen zuzubereiten. Die Töchter, drei an der Zahl, waren ebenfalls fleißige Helferinnen, die auf den abgeernteten Äckern und Feldern der reichen Nachbarsfamilien noch die letzten Früchte und das letzte übrig gebliebene Korn aus dem Boden hervorzuwühlen wussten. Der Bauer und die Bäuerin hatten auch noch einen Sohn, er war der jüngste in der Familie. Er hatte einen zarten, zerbrechlich wirkenden Körper. Weil er zu schwach war, um seinem Vater auf dem Feld zu helfen, ging er seiner Mutter in der Küche zur Hand so gut er konnte.

Die Jahre gingen ins Land. Es schien, als wenn der Knabe einfach nicht wachsen und kräftiger werden wollte. Und obwohl gerade der Vater darauf achtete, dass sein Sohn das größte Stück vom Brot erhielt und die besten Bissen vom Fleisch bekam, wenn es das denn einmal gab, so blieb der Sohn doch klein und schwächlich. Die Töchter hingegen gediehen trotz der spärlichen Kost geradezu prächtig, soweit das unter den ärmlichen Verhältnissen, unter denen sie lebten, überhaupt möglich war.

Des öfteren betrachtete der Vater seinen Sohn und runzelte besorgt die Stirn. Er sollte doch einmal das kleine Stückchen Land, das ihm gehörte, übernehmen. Wenn er, der Vater, eines Tages nicht mehr kräftig genug sein würde, das Land zu bearbeiten, dann sollte der Sohn dieses doch übernehmen und das ganze Land alleine bestellen und die ganze Ernte alleine einfahren können. Was sollte denn aus seiner Familie werden, wenn der Sohn dazu nicht taugte? Das dachte der Vater natürlich nur heimlich, er wollte seine Frau ja nicht beunruhigen. Sie hatten schon Sorgen genug. Was sollte er aber nur tun? Der Bauer atmete tief durch und legte resignierend seine Hände in den Schoß, als er eines Abends wieder einmal beobachten musste, wie sein Sohn es nicht schaffte, den großen gusseisernen Kochtopf mit den Kartoffeln alleine vom Herd zum Tisch zu tragen und ihm wieder einmal eine der Schwestern zur Seite springen musste. Ärger mischte sich in seine Gedanken, während er das Ganze betrachtete. Wieso gab er diesem Nichtsnutz überhaupt die besten Bissen, wenn es offensichtlich doch nicht fruchtete? Vielleicht sollte er sich einfach eingestehen, dass er einen Versager zur Welt gebracht hatte und vielleicht wäre es besser, all seine Hoffnungen zu begraben, sein Sohn würde jemals groß und kräftig werden.

Sollte dann einmal eine seiner Töchter, und zwar die, die sich als die tüchtigste herausstellte, das Stückchen Land erben. Dann würde sich zum gegebenen Zeitpunkt auch ein tüchtiger Mann für sie finden, ein kräftiger junger Bursche, der dann das Land bestellen könnte und nicht so ein schwächlicher Nichtsnutz wäre wie sein eigener Sohn. Was aber sollte er dann mit seinem Sohn tun? Ihn einfach davonjagen, das brachte er nicht übers Herz, schließlich war es sein eigen Fleisch und Blut. Aber er konnte der Tochter, die einmal sein Stückchen Land erben sollte, nicht auch noch einen unnützen Mitesser als Mitgift zumuten. So würde sich kein geeigneter Mann für die Tochter finden. Es musste also etwas geschehen, und zwar rechtzeitig genug. Eines Tages kam dem Bauer eine Idee.

»Weib«, sprach er zu seiner Frau, »ich werde mit unserem Sohn zum Markt gehen. Dort sind immer einige wohlhabende Bauern, die für ihr großes Land eine Arbeitskraft suchen. Ich will sehen, dass ich dort einen Bauern finde, der unseren Sohn in seine Dienste nimmt. Die Arbeit auf fremden Boden wird ihm gut tun. Es wird ihn stark machen und er kann sich ein gutes Stück Geld dazuverdienen. Das wird ihm helfen, eines Tages auf eigenen Beinen zu stehen und einen kräftigen Mann aus ihm machen. Dann kann er zu uns zurückkehren.«

Insgeheim aber hatte der Bauer keine Hoffnung, dass sein Sohn jemals ein stattlicher Mann werden würde. Aber davon erzählte er seiner Frau nichts. So machten sich Vater und Sohn auf den Weg. Schweigend gingen beide nebeneinander her.

»Vater«, setzte da der Sohn plötzlich unvermittelt an, »du bist enttäuscht, dass ich nicht so kräftig und stark bin, nicht wahr?«

»Oh nein«, log der Vater, der von der unerwarteten und direkten Frage des Sohnes etwas überrumpelt war. »Du bist nur«, er überlegte kurz, »anders als andere, das ist alles.« Trotz aller Enttäuschung liebte der Bauer seinen Sohn natürlich und er wollte ihm nicht wehtun.

»Aber ich bin doch klein und schwächlich und das ist doch nicht gut, nicht wahr?«, wiederholte der Sohn.

»Oh nein, mein Sohn«, beschwichtigte ihn da der Vater. Ja, er hatte sich über seinen Sohn geärgert und er war enttäuscht, dass er nicht so stark und kräftig war, wie er es sich gewünscht hatte. Aber es war doch sein Sohn und er liebte ihn. Der Vater strich seinem Sohn zärtlich übers Haar. Noch nie zuvor hatte er gespürt, wie sehr er ihn tatsächlich liebte.

»Du bist eben etwas Besonderes«, sprach der Vater mit warmer Stimme. Der Sohn aber blieb hartnäckig.

»Was ist Besonderes daran, dass ich klein und schwächlich bin? So etwas kann man doch nur verachten, oder?«

»Oh nein, mein Sohn, sprich nicht so von dir«, entgegnete der Vater erschrocken. Mit einem Mal erkannte der Bauer, warum sein Sohn immer so traurig und bedrückt wirkte. Er hatte sich wegen seiner eigenen Natur geschämt. Dem Bauer blutete das Herz. Er beugte sich zärtlich zu seinem Sohn hinunter und sagte:

»Ja, es stimmt, du hast einen kleinen und zarten Körper und das ist ja gerade das Besondere an dir.«

»Was soll Besonderes daran sein, klein und schwächlich zu sein?«, erwiderte der Sohn und senkte traurig den Blick.

»Aber natürlich ist es etwas Besonderes, denn du bist so zart gebaut, weil du ... «, der Bauer überlegte.

»Weil ich was?«, fragte der Sohn, der den Blick gehoben hatte und seinen Vater nun mit hoffnungsfrohen Augen erwartungsvoll anschaute.

»Weil du ... ein Himmelsstürmer bist«, entfuhr es dem Vater. Ihm war nichts Besseres eingefallen.

»Weil ich ein Himmelsstürmer bin?«, fragte der Sohn erstaunt. »Was ist denn ein Himmelsstürmer?«

»Nun«, begann der Bauer und strich sich bedächtig übers Kinn, um sich ein wenig Zeit für seine Antwort zu verschaffen. »Nun«, sagte er schließlich, »ein Himmelsstürmer ist jemand, der sich leicht und sicher durch die Luft bewegen kann, weil er ja so leicht gebaut ist und irgendwann einmal ganz hoch in den Himmel fliegen kann, bis hinauf zur Sonne.«

»Ich kann fliegen?«, fragte der Sohn und starrte seinen Vater ungläubig an. Dieser strich seinem Sohn erneut zärtlich übers Haar.

»Nun ja, das dauert noch etwas, du musst erst heranwachsen und lange auf einem Feld arbeiten und irgendwann wirst du es dann spüren, wenn du ein Himmelsstürmer geworden bist. Aber das hat noch lange Zeit, mein Sohn. Jetzt gehen wir erst einmal zum Markt und dort finden wir eine Anstellung bei einem Bauern für dich. Sei immer fleißig und gehorsam. Und egal, was der Bauer vielleicht über deinen Körperbau sagen mag, denke immer daran, dass du etwas Besonderes bist, nämlich ein Himmelsstürmer.« Er lächelte und tätschelte seinem Sohn dabei zärtlich die Wange. Noch nie war er so liebevoll zu ihm gewesen. Der Sohn strahlte den Vater an und lächelte glücklich zurück.

Am Abend legten sich beide unter einem großen Baum schlafen, da sie die Stadt und den Markt erst am nächsten Tag erreichen würden. Als der Bauer am nächsten Tag erwachte, fand er das Schlaflager seines Sohnes leer.

»Wo bist du, Sohn?«, rief er und schaute sich suchend um. Er bekam keine Antwort und so sehr er seinen Sohn auch rief und die Umgebung nach ihm absuchte, es fehlte von ihm jede Spur.

Die Sonne stieg schon langsam am Himmel empor und dem Bauern war vom vielen Suchen ganz warm geworden. Er strich sich über die feuchte Stirn und schaute nach oben, um an dem Stand der Sonne die Zeit abzulesen. Da erblickte er hoch oben am Berg, zu dessen Füßen sie die Nacht verbracht hatten, eine Gestalt, die sich langsam einem Felsvorsprung näherte. Die Gestalt winkte zu ihm hinunter und da erkannte der Bauer seinen Sohn.

»Schau, Vater, wie ich fliege«, rief ihm sein Sohn freudestrahlend hinunter. »Schau, was für ein herrlicher Himmelsstürmer ich bin.«

Und noch ehe der Vater etwas sagen konnte, breitete der Sohn lachend seine Arme aus und im Sprung rief er noch einmal freudestrahlend:

»Schau, Vater! Schau, wie ich fliege!«

Der Eisvogel

Heute möchte ich euch von einem ganz besonderem Tier erzählen, nämlich vom Eisvogel.

Der Eisvogel ist, wie der Name schon sagt, ein Tier der Lüfte. Er ist auf der gesamten Erde verbreitet. Er lebt bevorzugt in den gemäßigten Zonen unserer Erde, konnte sich aber auch erfolgreich an extreme Klimabedingungen anpassen. So ist der Eisvogel sowohl in den weiten Steppen Asiens als auch im subtropischen Regenwald Australiens beheimatet. Er ist in den fruchtbaren Savannen Afrikas genauso anzutreffen wie auf den Hochplateaus der südamerikanischen Anden. Einzelne Exemplare hat man sogar auch schon in den eisigen Breiten des Nordpolarmeers gesichtet. Doch trotz dieser weiten Verbreitung ist der Eisvogel nur sehr selten anzutreffen. Seine Populationszahl ist recht gering und er ist ein scheues Tier, das Lärm und zu große Ansammlungen anderer Tiere meidet.

Die Größe des Eisvogels und die Färbung seines Gefieders hängt sehr stark davon ab, in welcher Region unserer Erde der Eisvogel beheimatet ist. Es gibt recht kleine Exemplare, die in etwa die Größe eines europäischen Spatzes haben und dann recht große Vertreter, die fast die Größe eines nordamerikanischen Steinadlers erreichen. Auch die Färbung des Gefieders ist sehr unterschiedlich. Es gibt eher unscheinbare Tiere, deren Gefieder in dezenten Tönen von Hellbeige bis Dunkelbraun gehalten sind, dann wiederum auffällig bunt gefärbte Exemplare, die mit kräftigen Farbtönen in unterschiedlichster Färbung versehen sind. Es gibt wunderschön gefärbte Tiere in rubinrot, smaragdgrün oder einem strahlenden Blau, das an Lapislazuli erinnert.

Das wirklich Besondere an dem Eisvogel aber ist nicht seine weite Verbreitung und auch nicht das weite Spektrum seiner Färbung oder seiner Größe, sondern das wirklich Besondere an dem Eisvogel ist, dass er von einer rätselhaften Krankheit befallen wird, die nur bei seiner Spezies vorzukommen scheint. Bisher ist diese rätselhafte Krankheit bei keinem anderen Tier beobachtet worden. Der Name der Krankheit lautet Eiskrankheit. Daher hat der Eisvogel auch seinen Namen. Die Eiskrankheit stellt die Tierforscher vor einem bisher unlösbaren Rätsel. Der Auslöser der Krankheit konnte bisher nicht identifiziert werden. Ebenso wenig sind die Übertragungswege der Krankheit bekannt. Die Tiere werden plötzlich und ohne äußerlich erkennbare Anzeichen befallen. Auffallend ist, dass die Tiere nach den bisherigen Beobachtungen nur am Boden erkranken. Solange sich der Eisvogel im Flug befindet, scheint er immun gegen die Krankheit zu sein. Bei den befallenen Tieren sinkt die Körpertemperatur in wenigen Sekunden weit unter dem Gefrierpunkt. Bei einigen Exemplaren sind Temperaturen bis zu -50° Celsius gemessen worden. Die Tiere gefrieren blitzartig und erstarren in der Bewegung, die sie gerade ausgeführt haben. Es wurden erkrankte Tiere gesichtet, die offensichtlich gerade dabei gewesen waren, zum Flug anzusetzen. Andere Tiere wurden wiederum beim Landeanflug von der Krankheit überrascht. Weitaus häufiger wurden erkrankte Tiere gefunden, die im Schlaf oder beim Ruhen auf dem Boden eingefroren sind. Der Pulsschlag der von der Eiskrankheit befallenen Tiere sinkt auf ein bis maximal zwei Schlägen pro Minute. Die Atmung ist vorhanden, aber mit dem bloßen Auge nicht mehr wahrnehmbar. Nur mit hoch empfindlichen Messinstrumenten konnte eine minimale Atmung nachgewiesen werden. Die Dauer der Krankheit ist sehr unterschiedlich. Es sind Tiere beobachtet worden, die bereits nach wenigen Tagen wieder auftauten. Es wurden aber auch Tiere gefunden, die mehrere Monate und sogar Jahre in der Eisstarre verharrten.

Die Eiskrankheit selbst scheint, zumindest soweit es bisher beobachtet werden konnte, nicht tödlich zu verlaufen. Trotzdem ist die Eiskrankheit für die Eisvögel eine äußerst lebensbedrohende Krankheit, denn die befallenen Tiere stellen eine leichte Beute für andere Raubtiere dar. Je nach Größe des Tieres und natürlich je nachdem, in welcher Region der Erde der Eisvogel beheimatet ist, kommen hierfür recht unterschiedliche Fressfeinde in Frage. In unseren Breitengraden sind es vor allem der Fuchs und die Wildkatze, aber auch für den Dachs und die Eule ist der Eisvogel ein Leckerbissen. Solange der Eisvogel sich noch im Krankheitsstadium des Gefrorenseins befindet, können ihm andere Raubtiere nichts anhaben. Die Gefahr besteht erst dann, wenn der Eisvogel sich in der Genesungsphase, d. h. in der Phase des Auftauens befindet. Denn so blitzartig der Eisvogel beim Ausbruch der Krankheit in die Eisstarre verfällt, so unendlich lange braucht er zum Auftauen. Die Auftauphase kann sich über Wochen und Monate hinziehen. Je nachdem wie tief die Körpertemperatur abgesunken ist, kann der Auftauprozess sogar Jahre in Anspruch nehmen. Der wirklich gefährliche Moment für den Eisvogel besteht zum Ende der Auftauphase. Dann nämlich, wenn er soweit aufgetaut ist, dass er für andere Raubtiere genießbar, selbst aber noch bewegungsunfähig ist. Denn selbst nachdem der Eisvogel gänzlich aufgetaut ist, benötigt er noch eine geraume Zeit, bis er wieder in die Bewegung kommen kann.

Bedauerlicherweise ist es aber gerade der Mensch, der sich als der gefährlichste Feind für den Eisvogel herausgestellt hat. Und zwar in erster Linie durch Unwissenheit. Es sind Gott sei Dank nur sehr selten Fälle bekannt geworden, bei denen Menschen dem Eisvogel böswillig Schaden zugefügt haben. Sollte jemand einen Eisvogel antreffen, der von der Eiskrankheit befallen ist, so sollte er ein paar einfache Regeln beherzigen. Befindet sich der Eisvogel im Krankheitsstadium des Gefrorenseins, so sollte man lediglich darauf achten, ob die Körperhaltung des Eisvogels in der Auftauphase dazu führen könnte, dass der Eisvogel stürzen und sich dadurch eventuell verletzen könnte. Das ist zum Beispiel der Fall, wenn der Eisvogel im Moment des Abhebens eingefroren ist. Oftmals ist dann ein Bein bereits in der Luft und nur noch ein Bein auf dem Boden. Kommt dieser Eisvogel dann in die Auftauphase, so kann das aufgetaute Standbein das Körpergewicht alleine nicht mehr halten und das in der Luft befindliche Bein ist noch bewegungsunfähig, so dass der Eisvogel keine Ausgleichsbewegung machen kann. Hier reicht es vollkommen aus, wenn man die Seite, wohin der Eisvogel voraussichtlich stürzen wird, ein wenig mit weichem Moos oder Gras abpolstert. Trifft man einen Eisvogel an, der sich gerade in der Auftauphase befindet, so gilt hier das Gleiche: Besteht die Gefahr, dass der Eisvogel stürzen könnte, so polstert man einfach die entsprechende Seite ab. Ein wenig Anhauchen, um den Auftauprozess zu unterstützen, ist für den Eisvogel durchaus hilfreich. In keinem Fall aber sollte das Tier mit nach Hause genommen werden. Am besten gesundet der Eisvogel in seiner natürlichen Umgebung. Ebenso wenig sollten elektrische Heizgeräte benutzt werden, um die Auftauphase zu beschleunigen. Insbesondere die lebenserhaltenden Organe Herz und Lunge sind überfordert, wenn der Körper in unnatürlicher Weise zu schnell auftaut. Herz und Lunge können ihre Funktion nicht in dem gleichen Maß steigern, wie es der vorzeitig auftauende Körper erfordert. Die Folgen sind Herz-Rhythmus-Störungen und eine nur sehr flach arbeitende Lunge. In den schlimmsten Fällen kommt es zu plötzlichem Herzversagen oder einem spontanen Lungenkollaps. Auch ein gut gemeintes Zurechtbiegen des Flügels oder der Beine, um einem vermeintlichen

Sturz vorzubeugen, sollte tunlichst unterlassen werden. Die Gefahr, dass hier ein Flügel oder ein Bein gebrochen wird, ist viel zu groß. Solltet ihr im Umgang mit einem erkrankten Tier einmal unsicher sein, so beherzigt einfach die folgende Regel: Weniger ist oftmals mehr. Und solltet ihr doch einmal etwas falsch gemacht haben, so vertraut darauf, dass die Natur schon für ihre Kinder sorgt. Sie weiß das Falsche, das geschehen ist, so zu nutzen, dass es sich am Ende als genau das Richtige herausstellt.

Und wer einmal das Glück hat, einen Eisvogel im Fluge zu beobachten, wie er sich mit wenigen Flügelschlägen leicht in die Lüfte erhebt und elegant seine Kreise zieht, der kann sich gar nicht mehr vorstellen, dass dieses Tier jemals von einer solch geheimnisvollen Krankheit befallen gewesen sein soll.

Die alte Witwe

Es gab eine Zeit, da wandelte Gott noch persönlich auf Erden. Er ging von Ort zu Ort und klopfte an den Häusern der Menschen an und fragte, ob sie vielleicht seine Hilfe benötigten. Da es ja Gott war, klopfte er natürlich immer genau an dem Haus, in dem auch tatsächlich seine Hilfe gerade dringend benötigt wurde. Und so sagten die Menschen stets zu ihm:

»Oh, Gott, das ist ja fein, dass du gerade bei uns vorbeischaust. Wir haben da nämlich ein Problem.«

Und die Menschen trugen Gott dann ihre Sorgen vor. Einmal war es ein Streit mit dem Nachbarn, der seine Ziegen wieder einmal auf fremdem Land hatte weiden lassen oder der Mann und die Frau hatten einen Streit darüber, wer von ihnen beiden am Vorabend den Hühnerstall aufgelassen hatte, sodass der Fuchs ihnen zwei ihrer kostbarsten Hühner in der Nacht hatte rauben können oder der Bruder stritt sich gerade mit der Schwester darüber, wer denn als Nächster mit den begehrten Spielsteinen spielen durfte. Ja, so traf Gott immer gerade rechtzeitig ein, wenn es irgendwo einen Streit gab und er verstand den Streit immer solcherart zu schlichten, dass die

Menschen sich nachher herzlich anlachten und gar nicht mehr so genau wussten, warum sie sich denn eigentlich gestritten hatten.

Eines Tages kam Gott in ein kleines Dorf. Am Ende des Dorfes, dort, wo sich die weiten Felder und Äcker der Dorfbewohner erstreckten, stand ein kleines windschiefes Häuschen. In ihm lebte eine alte Witwe. Sie war im Dorf bekannt für ihre mürrische Art. Nie erlebte jemand sie jemals gutgelaunt. Jedermann ging ihr aus dem Weg so gut er konnte, denn sobald sich ihr Weg mit jemandem kreuzte, so musste er sich eine Litanei über die ach so schlechten Nachbarn anhören oder, wenn er es besonders schlimm antraf, so musste er sich anhören, was er denn letztlich alles selbst so falsch gemacht hatte. So hatte sich unlängst ein kleiner Bub, der die mürrische Alte noch nicht kannte und ihr nicht rechtzeitig aus dem Weg gegangen war, eine Standpauke darüber anhören müssen, dass er mit seinem Ball viel zu laut auf der Dorfstraße gespielt hatte, sodass sie nicht ihren wohlverdienten Mittagsschlaf hatte halten können und er doch gefälligst demnächst am anderen Ende des Dorfes spielen oder, noch besser, gar nicht mehr spielen sollte. Ja, so war das mit der alten Witwe und als die Dorfbewohner sahen, dass Gott in ihr Dorf kam und schnurgerade auf das Häuschen der alten Witwe zustrebte, da dachte so mancher von ihnen:

'Das ist ja genau richtig. Hoffentlich liest Gott ihr einmal so richtig die Leviten. Es ist ja nicht mehr auszuhalten mit der mürrischen Alten.'

Gott klopfte an der Tür des kleinen Häuschens an. Die alte Witwe schaute durch ihr kleines Fenster, um zu sehen, wer denn da an ihrer Tür klopfte, denn normalerweise kam niemand zu Besuch. Als sie Gott erblickte, öffnete sie ihm die Tür.

»Was willst du hier?«, fragte sie ihn mürrisch.

Gott zog freundlich seinen Hut und sagte:

»Guten Tag. Ich wollte dich einmal besuchen kommen.«

»Warum gerade jetzt? Du bist lange nicht da gewesen«, entgegnete die Alte und der vorwurfsvolle Ton in ihrer Stimme war nicht zu überhören.

»Manchmal liegen andere an«, antwortete Gott freundlich. »Jetzt bist du an der Reihe.«

Als die Alte Gott nur weiter unfreundlich musterte, zog Gott den Kragen seines Mantels etwas enger um den Hals. Es war schon Ende Oktober und jetzt am frühen Nachmittag schon empfindlich kalt.

»Es ist etwas ungemütlich hier draußen«, sagte Gott mit sanfter Stimme. »Ich würde gerne zu dir hereinkommen. Und eine heiße Tasse Tee wäre jetzt genau das Richtige«, fügte er dann noch lächelnd hinzu.

»Erst lässt du dich Ewigkeiten nicht blicken und jetzt tust du so, als wenn wir Freunde wären und du einfach mal so zum Tee bei mir vorbeikommen könntest.«

»Aber natürlich sind wir Freunde«, lachte ihr Gott da entgegen. »Und eine Tasse Tee würdest du doch sicher auch einem Fremden, der sich verlaufen hat und sich ein wenig aufwärmen möchte, gerne anbieten. Da bin ich mir ganz sicher.« Wieder lächelte Gott.

»Na ja«, sagte die Alte mürrisch, »dann komm halt herein. Aber ich habe nicht viel Zeit, also fasse dich kurz.«

»Oh«, sagte Gott sanft lächelnd, »wie lange ich bleibe, das liegt ganz bei dir. Ich dränge mich niemandem auf. Wenn du willst, kann ich jetzt direkt wieder gehen.«

»Nein, nein«, winkte die Witwe da ab, »jetzt bist du einmal da, dann komm auch herein. Außerdem gucken die Nachbarn schon so neugierig herüber. Was werden die denn sagen, wenn ich Gott abweise.«

Da lachte Gott herzlich und meinte:

»Nun, sie werden nichts anderes sagen als du denkst.«

Etwas irritiert über seine Antwort schaute die Witwe Gott kurz von der Seite an.

'Na ja,' dachte sie bei sich, 'er ist ja schon etwas älter. Da werden manche Leute ja sonderlich.'

Gott hatte mittlerweile ihre Wohnstube betreten.

»Da!«, sagte sie kurz und wies Gott mit der Hand einen Stuhl an dem Tisch an, der in der Mitte der Wohnstube stand, damit er sich setzen konnte. Sie setzte sich ihm gegenüber auf einen Stuhl und schaute Gott an. Dieser blickte sich in der Wohnstube um.

»Hübsch hast du es hier«, sagte Gott. »Diese Gardinen gefallen mir besonders gut. Hast du sie selbst genäht?«

»Bist du nach all den Jahren nur gekommen, um meine Wohnungseinrichtung zu besichtigen oder hast du mir etwas Wesentliches zu sagen?«, fragte die Witwe unwirsch. Sie machte sich keine Mühe, ihre Verärgerung in ihrer Stimme zu verbergen.

»Oh, entschuldige«, sagte Gott sanft, »ich bin manchmal nicht ganz bei der Sache. Du hast ja gesagt, dass du nur wenig Zeit hast.«

Er schaute die Witwe an. Als Gott nichts weiter sagte, zuckte die Witwe mit den Achseln und fragte auffordernd:

»Nun?«

»Nun was?«, fragte Gott lächelnd zurück.

Die Witwe schaute Gott ungeduldig an.

»Du bist doch gekommen, um mir etwas zu sagen und ich warte darauf, dass du mir endlich sagst, was es ist.«

»Oh«, sagte Gott freundlich, »das muss ein Irrtum sein. Ich komme nicht zu den Menschen und sage ihnen etwas, sondern es ist umgekehrt, die Menschen fragen mich etwas und ich gebe ihnen eine Antwort.«

Die Witwe schüttelte mit den Kopf.

»Du schlichtest doch Streit unter den Menschen. Das habe ich erst kürzlich mitbekommen, als sich die Nachbarn ganz da hinten darüber unterhalten haben.« Die Witwe deutete mit der Hand in die Richtung, zu der Gott mit dem Rücken hin saß. »Ich habe im Vorbeigehen gehört, wie sie sich darüber unterhalten haben, dass du zu Freunden von ihnen in irgendeinem Nachbardorf gegangen bist und gefragt hast, ob sie deine Hilfe benötigen.«

»Ja«, nickte Gott und lächelte, »ich gehe zu den Menschen und frage, ob sie Hilfe benötigen und dann erzählen sie mir ihr Problem.«

»Also sagst du ihnen doch etwas.« Triumphierend schaute die Witwe Gott an. »Dann kannst du mir ja auch jetzt endlich sagen, was du mir zu sagen hast.«

»Oh nein«, Gott schüttelte sanft den Kopf, »so geht das nicht.« Er lächelte.

Die Witwe atmete schwer durch. Genervt schaute sie Gott an.

»Was erzählst du mir da? Du gehst zu den Menschen und sagst ihnen etwas, damit sie ihr Problem lösen oder ihren Streit schlichten können. Warum sagst du mir dann jetzt, das geht so nicht, wenn du es bei den anderen Menschen so machst? Ich habe wirklich keine Lust auf irgendwelche Spielchen, die du hier mit mir spielen möchtest.« Sie wurde immer ärgerlicher. »Entweder du sagst mir jetzt, was du zu sagen hast oder du kannst direkt wieder gehen. Auf den Arm nehmen lasse ich mich nicht und erst recht nicht von dir, Gott.«

»Meine liebe Witwe«, entgegnete Gott ruhig, »es liegt mir fern, dich auf den Arm zu nehmen.« Er lächelte sanft.

»Warum sagst du dann nichts? Warum sitzt du dann einfach nur da und sagst mir nicht, was du mir zu sagen hast.« Eine leise Verzweiflung mischte sich in die Stimme der Alten.

Gott schaute die Witwe ruhig an.

»Du hast mich in dein Haus hineingelassen, aber dein Herz ist mir verschlossen. Die Menschen, denen ich helfen konnte, haben mir nicht nur die Tür ihres Hauses aufgetan. Sie haben mich willkommen geheißen, mir eine Tasse Tee angeboten, mich nach meinem Befinden gefragt und ob ich mich nicht vielleicht etwas bei ihnen ausruhen wollte. Sie haben mir ihre Gastfreundschaft geschenkt und ihr Herz geöffnet. Dann erst ist es mir möglich, die Menschen nach ihrem Begehr zu fragen und erst, wenn die Menschen mir ihr Anliegen vorgetragen haben und mich dann noch um meinen Rat bitten, erst dann habe ich ihnen geantwortet. Ich kann nur denen etwas sagen, die mich um Rat bitten. Wenn du mir also dein Herz öffnest und mich um Rat bittest, dann werde ich dir auch eine Antwort geben.«

»Ich habe aber nichts, wofür ich von dir gerne einen Rat hätte. Ich habe mir immer noch selbst helfen können«, entgegnete die Alte mürrisch.

»Aber das ist ja wunderbar«, erwiderte Gott freudig lächelnd. »Menschen, die sich selbst helfen können, sind mir am liebsten.«

Wieder schaute die Witwe Gott irritiert an.

»Ich dachte, du hilfst den Menschen, die sich nicht selbst helfen können«, sagte sie misstrauisch zu ihm.

»Wer sagt das?«, fragte Gott.

»Nun, sonntags in der Kirche wird das immer gesagt.«

»Oh ja«, sagte Gott, »das ist wahr.«

»Was ist wahr?«, fragte die Witwe, nun gänzlich verärgert. 'Was sprach Gott doch für wirres Zeug', dachte sie bei sich. Als Gott sie wieder einfach nur anschaute, wiederholte sie ärgerlich ihre Frage.

»Was ist denn nun wahr? Dass du Menschen, die sich selber helfen können, am liebsten magst, wie du gerade selber gesagt hast oder dass du nur denen helfen kannst, die sich nicht selbst helfen können, so wie es sonntags in der Kirche gesagt wird. Beides kann ja wohl nicht wahr sein.«

Gott neigte den Kopf ein wenig zur Seite. Er schien nachzudenken. Das verärgerte die Witwe noch mehr. Denn schließlich ist Gott ja niemand, der über eine Antwort nachdenken müsste.

»Nun«, antwortete Gott langsam, »es ist so: Ich liebe die Menschen wie sie sind. Mir sind die lieb, die sich selbst helfen können und mir sind die lieb, die sich nicht selbst helfen können.«

»Und warum sagst du dann, dass dir die, die sich selbst helfen können, am liebsten sind?« Die Augen der Witwe funkelten dabei missbilligend. »Dann hast du diese Menschen doch lieber als die, die sich nicht selbst helfen können.«

»Du bist eine kluge Frau«, entgegnete Gott ruhig, »und du hast einen wachen Verstand. Nur ist das, was ich meine, nicht mit dem Verstand zu erfassen. Mir ist immer der Mensch am liebsten, dem ich gerade gegenüber stehe. Mir ist die Eigenart des Menschen am liebsten, die der Mensch gerade hat. Wenn ich sage, dass mir etwas am liebsten ist, will ich damit sagen, dass ich mir nichts anders wünsche, weil es nicht anders zu sein braucht und weil ich mir nichts Besseres für den Moment vorstellen kann. Das gilt für Menschen, für Tiere und für Dinge gleichermaßen.«

»Dann wirst du also sagen, dass dir dieses windschiefe Haus, wo es an allen Ecken und Enden zieht und das ich ständig ausbessern muss, damit es den nächsten Regen einigermaßen unbeschadet übersteht, am liebsten ist?«

»Ja«, nickte Gott, »dein Haus ist mir am liebsten.«

»Und es ist dir wahrscheinlich dann auch am liebsten, dass die Bewohner in meinem Dorf mich meiden, weil ich so eine mürrische alte Frau bin?« Der Blick der alten Witwe wurde dabei immer böser.

»Ja«, nickte Gott ruhig, »das ist mir am liebsten.«

»Du findest es also gut, dass meine Nachbarn mich nicht mögen und mich bespötteln und mir aus dem Weg gehen?«

»Ja«, nickte Gott und lächelte sanft, »das ist mir am liebsten.«

»Und dann wäre es dir wohl auch am liebsten, wenn ich bald sterben würde und die Dorfbewohner dann vor mir ihre Ruhe haben?«

»Ja«, erwiderte Gott sanft, »das wäre, wenn es soweit wäre, mir am liebsten.«

»Was bist du für ein kaltherziger, rachsüchtiger Gott?«, brach es da aus der Witwe hervor. »Wo ist die Liebe in dir und zu den Menschen, von der immer erzählt wird? Du magst mich genauso wenig wie all die anderen Menschen. Niemand hat mich lieb. Alle hassen sie mich. Niemals kommt jemals jemand am Sonntag vorbei, um mit mir eine Tasse Tee zu trinken. Ich bin ganz allein auf dieser Welt. Und das ist dir ja wahrscheinlich auch am liebsten.«

Die Witwe hatte, während sie dies alles erzählte, zu weinen angefangen und bei den letzten Worten rollten dicke Tränen über ihr Gesicht.

»Du bist mir von allen am liebsten«, entgegnete Gott ruhig.

»Das sagst du wahrscheinlich jedem«, schluchzte die Witwe mit erstickter Stimme.

»Ja«, antwortete Gott, »das sage ich jedem. Und weil du mir gerade gegenüber bist, sage ich es dir. Jetzt bin ich bei dir und jetzt bist du mir von allen am liebsten.«

Die Witwe weinte ein wenig weiter. Dann schniefte sie durch die Nase und strich sich mit der einen Hand die Tränen aus dem Gesicht.

»Aber es kommt niemand zu Besuch. Niemand will mit mir eine Tasse Tee trinken.« Die Witwe blickte erschöpft vom vielen Weinen zu Boden.

»Ich würde gerne eine Tasse mit dir trinken«, entgegnete Gott freundlich. »Und ich würde dir auch gerne beim Teekochen helfen, falls du meine Hilfe benötigst.«

»Nein, nein«, schüttelte die Witwe da den Kopf und konnte ein kleines Lächeln nicht unterdrücken. »Teekochen kann ich noch alleine.

Aber du kannst schon mal die Tassen dort aus dem Schrank holen, wenn du magst.« Sie deutete mir der einen Hand auf einen alten Mahagoni-Schrank, der an der Wand gegenüber stand. Gott nickte und während die Witwe sich ans Teekochen machte, holte Gott zwei Teetassen aus dem Schrank und stellte sie auf den Tisch. Als die Witwe den Tee gekocht hatte, schenkte sie Gott und sich davon ein, nachdem sie Kandis und Milch auf den Tisch gestellt hatte. Dann stellte sie die Teekanne in der Mitte des Tisches auf einem kleinen Stövchen ab, in dem sie zuvor ein kleine Flamme zum Warmhalten angezündet hatte. Schweigend tranken beide ihre erste Tasse zusammen. Als sie geleert hatten, schenkte die Witwe ihnen beiden nach.

»Dein Tee schmeckt köstlich«, sagte Gott, »und er ist bei diesem Wetter genau das Richtige. Wo hast du ihn her?«

»Ich habe die Blätter selber im Sommer gesammelt. Es ist meine eigene Mischung.« Die Wangen der Witwe hatten sich dabei etwas gerötet und ein wenig Stolz schwang in ihrer Stimme mit.

»Wie wunderbar«, sagte Gott, »diese Mischung ist herrlich. Du musst mir unbedingt ein wenig davon mit auf den Weg geben.«

»Schmeckt er dir wirklich so gut?«, fragte die Witwe ungläubig.

»Er ist ausgezeichnet«, antwortete Gott und wie zur Bestätigung reichte er ihr die leere Tasse hinüber, damit sie sie erneut füllen möge.

»Es wäre schön, wenn öfter jemand zum Tee käme«, sagte die Witwe nach einer Weile, »oder …«, sie zögerte etwas, »vielleicht kannst du ja nächste Woche wiederkommen.«

»Nun«, sagte Gott, »ich habe viel zu tun und muss noch zu vielen anderen Menschen, nicht nur hier in deinem Dorf, sondern auf der ganzen Welt. Da habe ich alle Hände voll zu tun. Ich komme gerne für eine Tasse Tee vorbei, wenn ich mal wieder in der Gegend bin, aber das kann dauern. Was hältst du davon, wenn du einmal deine Nachbarn direkt von gegenüber zu dir nächsten Sonntag zum Tee einlädst? Sie werden sich über deinen köstlichen Tee bestimmt genauso freuen wie ich.«

»Ach«, entgegnete die Witwe zerknirscht, »ich habe erst kürzlich dem kleinen Bub von ihnen die Leviten gelesen, weil er so laut im Garten gespielt hat. Da werden sie sicherlich nicht zu mir kommen wollen.«

»Das weißt du erst, wenn du sie gefragt hast«, erwiderte Gott. »Und wenn sie wirklich nicht wollen, dann vielleicht, weil sie keine Zeit haben. Dann frag sie einfach die übernächste Woche noch einmal.«

»Und wenn sie da auch keine Zeit haben?«, fragte die Witwe unsicher zurück. »Und wahrscheinlich ist das mit der Zeit auch nur eine faule Ausrede, weil sie gar nicht kommen wollen.« Ihre Stirn legte sich dabei in dunkle Falten.

»Nun, jetzt ist erst einmal jetzt. Frage erst einmal für nächste Woche nach. Was dann kommt, wird sich zeigen«, entgegnete Gott. »Du musst nicht im Voraus schon wissen müssen, was in der Zukunft passiert.«

»Und wenn sie absagen und nie zu mir kommen wollen?« Die Stimme der Witwe klang nun sehr ängstlich und kleinlaut.

»Öffne ihnen dein Herz. Wenn du deine Nachbarn mit offenem Herzen einlädst, dann wird ihre Antwort, in welche Richtung sie auch ausfallen mag, für dich immer genau die richtige sein. Und sie wird dich nicht verletzen«, sagte Gott. »Und ich werde bei dir sein«, fügte er hinzu, »auch wenn du mich nicht siehst. Öffne dein Herz und vertraue dir. Dann hast du alles gewonnen.«

Beschämt senkte die Witwe den Kopf.

»Ich war unfreundlich zu dir und du bist nicht gegangen. Und obwohl ich doch nicht gefragt habe, hast du mir doch so wunderbare Ratschläge gegeben.«

»Nun«, antwortete Gott und neigte sich ein wenig zu ihr hinüber, »das stimmt nicht ganz. Du hast mich gefragt und deshalb auch eine Antwort von mir bekommen.«

Erstaunt schaute die Witwe Gott mit großen Augen an.

»Ich habe dich gefragt?«

»Ja«, nickte Gott erneut und lächelte. »Du hast dein Herz geöffnet und mir so Zutritt zu dir gewährt.«

»Ich habe mein Herz geöffnet? Wann denn? Davon habe ich gar nichts bemerkt.«

»Nun«, antwortete Gott, »mir reicht ein kleiner Spalt. Mehr brauche ich nicht. Schließlich bin ich ja Gott.« Er lächelte. Dann reichte er ihr erneut seine Tasse hinüber und fragte:

»Hast du noch etwas von diesem köstlichen Tee?«

Sie trägt

Ich werde immer härter
und dadurch weich.
Ich werde immer verschlossener
und dadurch offen.
Ich werde immer kränker
und dadurch gesund.
Ich falle und siehe,
die Erde trägt.

Ein Leichtes

Die Liebe ist ein Versprechen ohne Erfüllung.
Sie ist mehr Nacht als Tag.
Sie ist mehr Schatten als Licht.

Von welcher Liebe sprechen wir?
Von der Liebe von Mensch zu Mensch?
Von der Liebe zwischen Gott und Mensch?

Nur: Wer ist dieser Gott?
Und: Wo ist er?
Außerhalb von mir?

Oder vielleicht: in mir?
Bin ich dann nicht Gott?
Und: Wenn ich Gott bin, bist du dann nicht auch
Gott?

Und wenn wir beide Gott sind: Wäre es dann
nicht ein Leichtes, uns zu lieben?

Heute *oder* Des Menschen Wille ist sein Himmelreich

Ich glaube nicht an die Liebe.
Ich glaube an Trauer, Schmerz und Einsamkeit.
Ich glaube an Gleichgültigkeit und Trostlosigkeit.
Ich glaube an Verdammtsein und Qual.
Ich glaube an Kälte und Leere.
Ich will heute die schönen Begegnungen nicht
sehen, die liebevollen Worte nicht hören.
Heute will ich in meinem Schmerz zu Hause sein.

Herzinstrument

Wenn das Banjo tönt und klingt,
mir die Seel' vor Freude springt.
Wenn das Banjo singt und lacht,
bin ich tausendfach bedacht.

In uns spielt ein Instrument,
dessen Namen niemand kennt.
Nur du selbst kannst es benennen,
dich in seinem Spiel erkennen.

Wenn es singt so hell und klar
ist's, als säng' die Engelschar.
Es spielt klar und hell und rein,
muss vom lieben Gott wohl sein.

Es tönt wie das Himmelreich
und ist doch aus deinem Fleisch.
Es tönt warm und weich und weit,
trägt dich fort aus Raum und Zeit.

Doch es tönt und klingt nur dann,
wenn das Herz hat Teil daran.
Ohne Herz ist's stumm und leer
und es tönt und singt nicht mehr.

Welch ein kostbar Instrument,
das beim Spiel nur Liebe kennt.
Welche Wonne, welche Pracht,
wer hat das wohl ausgedacht?

In der tiefen Seele mein
tönst auch du gar hell und fein.
Hör ich klar dein Instrument,
hör dein Spiel, das dich benennt.

Ohne Herz da bin ich blind,
trostlos meine Zeit verrinnt,
bleibt mein Banjo kalt und leer,
seh dich nicht und mich nicht mehr.

Ohne Herz da bleib ich stumm,
liegt mein Banjo nur herum,
seh die Welt nur voller Schwund,
nichts tu ich ihr von mir kund.

Ohne Herz da bin ich taub,
seh in dir nur Asch' und Staub,
hör den Wind, das Meer nicht mehr,
meine Seele: einsam, leer.

Doch wenn's Herz in mir aufbricht,
sanft mein Banjo sogleich spricht.
Sofort es dann tönt und singt,
ihm das schönste Lied entspringt.

Oh, wie wär es wunderbar,
sprächen unsre Herzen klar.
Wenn ein jeder spielt sein Lied,
niemand mehr sich was vergibt.

Wenn wir alle rein ertön',
wir uns all gleich versöhn'.
Wenn allein das Herze spricht,
gar nichts mehr uns dann gebricht.

Tönt ein jedes Instrument
hell und klar am Firmament,
dann der Weltenkörper klingt
und nur Gott alleine singt.

Was ich will

Düfte überall, weicher Boden, laue Lüfte,
wohlig wärmend, warm und weich.
Wohlbehalten schwingt die Hüfte,
alles ist so klar und leicht.

Steh ich starr, bin ich verloren,
weiß nicht, was der Himmel will.
Fühl mich plötzlich wie geschoren,
weiß nicht, was ich wirklich will.

Atme frei, bin tief geborgen,
fühl wie mir das Herz wird still,
tanz ich lachend, frei der Sorgen,
weiß nun, was ich wirklich will.

Danke

Oh Mutter, meine Mutter,
du meine Mutter mein,
du hast mich einst geboren,
es kann nicht anders sein.

Du hast mich lang getragen
in deinem eignen Leib,
du stelltest Schutz und Wärme
und Nahrung mir bereit.

Als ich dann groß geworden
in deinem runden Bauch,
kam ich in dieses Leben
durch deinen Scheidenschlauch.

Du gabst mir frische Windeln,
du zogst mir Kleidchen an
und nahmst mich auch so manchmal
sogar auf deinen Arm.

Du gabst mir Essen, Trinken,
du legtest mich zur Ruh,
du schicktest mich zur Schule,
dass ich was lernen tu.

Du hast mir viel erzählet,
du brachtest viel mir bei,
tatst es auf deine Weise,
alles and're ist einerlei.

Du hast mich aufgezogen
so gut wie's für dich ging,
du warst ja selbst befangen
mit dem, was dich umfing.

Hast sogar mehr gegeben,
als das was nötig wär',
hast gehandelt nach bestem Streben,
wer sollte dich richten, wer?

Nun bin ich groß geworden,
schon fünfundfünfzig Jahr,
und eines wird mir plötzlich
ganz augenscheinlich klar:

Wär' ich nicht hier auf Erden,
was hätte ich doch all verpasst,
drum, Mutter, soll gedankt dir werden:
Danke, dass du mich geboren hast.

Das Leben

Das Leben drängt, es will sich regen,
es fließt und schwingt in einem fort.
Es lässt sich nicht mit Bann belegen,
es blüht und wächst an jedem Ort.

Es drängt sich frisch durch alle Ritzen,
es macht den kleinsten Bach zum Strom.
Es trotzt den Stürmen und den Blitzen,
es baut sich selbst den eignen Dom.

Das Leben will lebendig sein,
will strömen, fließen, wallen.
Es ist sein eigner Sonnenschein
in seinen heil'gen Hallen.

Es lässt sich nicht beirren
durch wirres Menschenhirn.
Und mögen noch so viele Ketten klirren,
das Leben bietet dem die Stirn.

Es stört sich nicht an Sitten,
es kennt Bewertung nicht.
Und hat's der Mensch beschnitten,
so fällt's nicht ins Gewicht.

Und wird es totgeschlagen,
so reckt es sich zugleich,
bis dass der Mensch es kann ertragen,
dass er nur Gast in seinem Reich.

Doch will es nicht bezwingen,
es ist ihm einerlei.
Um Gunst braucht es nicht ringen,
es ist sich selbst genug und frei.

Es bleibt uns ein Geheimnis,
es lockt im tiefsten Kern.
Als Gottes Urvermächtnis
trägt's uns zu einem höh'ren Stern.

So will ich mich verneigen
vor seiner wunderbaren Kraft,
will dann den nächsten Berg besteigen,
will sehen, ob es das auch schafft.

FSC
www.fsc.org

MIX

Papier | Fördert
gute Waldnutzung

FSC® C083411

Zeitfracht Medien GmbH
Ferdinand-Jühlke-Straße 7
99095 Erfurt, Deutschland
produktsicherheit@kolibri360.de